文藝叢書　周作人編

桃色的雲

俄國　愛羅先珂　作

魯迅　譯

愛羅先珂畫像　日本中村彝作

桃色的雲序

魯迅

愛羅先珂君的創作集第二册是最後的歎息，去年十二月初由叢文閣在日本東京出版，內容是這一篇童話劇桃色的雲，和兩篇短的童話，一曰海的王女和漁夫，一曰兩個小小的死。那第三篇，已經由我譯出，於今年正月間紹介到中國了。

然而著者的意思却願意我早譯桃色的雲：因爲他自己也覺得這一篇更勝於先前的作品，而且想從速贈與中國的青年。但這在我是一件煩難事。日本語原是很能優婉的，而著者又善於捉住他的美點和特長，這就使我很失了傳達的能力。可是延到四月，爲要救自己的爽約的苦痛計，也終於定下開譯的決心了，而又正如豫料一般，至少也毀損了原作的美妙的一半，成爲一件失敗的工作；所可以自解者，只是「聊勝於無」罷了。惟其內容，總該還在，這或者還能够稍慰讀者的心罷。

至於意義，大約是可以無須乎詳說的。因爲無論何人，在風雪的呼號中，花卉的議論中，蟲鳥的歌舞中，諒必都能够更洪亮的聽得自然母的言辭，更鋒利的看見土撥鼠和春子的運命。世間本沒有別的言說，能比詩人以語言文字畫出自己的心和夢，更爲明白曉暢的了。

在翻譯之前，承S.F.君借給我詳細校過豫備再版的底本，使我改正了許多舊印本中錯誤的地方；翻譯的時候，SH君又時時指點我，使我懂得許多難解的地方；初稿印在晨報副鐫上的時候，孫伏園君加以細心的校正；譯到終結的時候，著者又加上四句白鵠的歌，使這本子最爲完全；我都很感謝。

我於動植物的名字譯得很雜亂，別有一篇小記附在卷尾，是希望讀者去參看的。

一九二二年七月二日重校畢，并記。

讀了童話劇桃色的雲

秋田 雨雀

愛羅先珂君：

我在此刻，正讀完了你留在日本而去的一篇童話劇桃色的雲。這大約是你將點字的草稿，託誰筆記下來的罷。有人對我說，那是早稻田的伊達君曾給校讀一過的。字旣寫得仔細；言語的太古怪的，也都改正了，已成爲出色的日本話了的地方，也似乎有兩三處。除此以外，則全部是自然的從你的嘴唇裏洋溢出來的了。看着這一篇美麗的童話，便分明的記起了你的容貌，聲音，以至於語癖，感到非言語所能形容的懷念。我當此刻，正將你的戲曲攤在我的膝上，坐在那，曾經和你常常一同散步的公塚地的草場上，仰望着廣闊的初秋的天空。不瞬的，不瞬的看着，便覺得自己的現在的心情，和出現於你的童話裏的年青的人物的心情相會解，契合而爲一了。你之所謂「桃色的雲」，決不是離開了我們的世界的那空想的世界。你所有的「觀念之火」，也在這童話劇裏燃燒着。現在，日本的青年作家的許許多，如你也曾經讀過了都清楚，大抵是在灰色的雲中，就著安逸的夢，也恰似這戲曲裏面的青年。

你所描寫的一個青年，這人在當初，本有着活潑的元氣，要和現世奮鬥下去的，然而不知什麼時候，已經喪失了希望和元氣，泥進灰色的傳統的牆壁裏去了，這青年的運命，彷彿正就是我們日本人的運命。日本的文化，是每十年要和時代倒行一回的，而且每一回，偶像的影子便日加其濃厚，至少也日見其濃厚。然而這一節，却也不但在我們所生長的這一國爲然。就如這一次大戰之前，那博識的好老頭子梅壘什珂夫斯奇，也曾大叫道「俄國應該有意志」。而俄國，實在是有着那意志的。你在這粗粗一看似乎夢幻的故事裏，要說給我們日本的青年者，似乎也就是這「要有意志」的事罷。

你叫喊說，「不要失望罷，因爲春天是，決不是會滅亡的東西。是的，的確，春天是決不滅亡的。

（一九二一，一一，二一。）

桃色的雲

三幕

時代

現代

地方

東京附近的一個村莊

人物

春子　十三四歲的女兒

其母　將近五十歲

夏子　約十七歲的孤兒

秋子　約十八歲的孤兒

冬子　男爵的女兒（不登場）

（夏子、秋子、冬子）春子的鄉人

金兒　春子的未婚夫（東京一個醫學校的學生）

自然母　女王　五十歲以上

冬　自然母的第一王女　約二十歲

其從者　冬　風 ⎫
　　　　釀雪雲 ⎬ 武裝的軍士
　　　　落葉風 ⎪
　　　　風吹雪 ⎭

秋　自然母的第二王女　約十八歲

其從者　秋　風 ⎫
　　　　灰色的雲 ⎭ 陰鬱模樣的男人們

夏　自然母的第三王女　約十七歲

其從者　夏　風

夏　雲
龍
雷
閃　電　奴僕模樣的男人們

春
　自然母的第四王女　約十三四歲
其從者
　春　風　美少年的音樂家
　桃色的雲　美少年

春的花卉們
　福壽草
　破雪草
　釣鐘草　年青的男人們

蒲公英
蘿蔔
——外有春的七草等

梅
櫻
紫地丁
勿忘草
——年青的女人們

紫藤
躑躅
雛菊
紫雲英
櫻草
——少女們

含羞草

桃
毛茛
水仙 —— 少年們

蕨
車前草 —— 學者

鬼燈檠 教育家

外有薔薇，風信子等

暮春的花卉們

百合
玉蟬花
燕子花 —— 富家的小姐們

鈴蘭　富家的小兒子

牡丹　富家的哥兒

夏的花卉們

向日葵　博士

月下香
朝顏
晝顏
夕顏　}　女的科學家

秋的花卉們

達理亞
菊
芒茅　}　中產階級的年青女人們

白葦
桔梗
女郎花
外有秋的七草等

胡枝子
珂斯摩 } 中產階級的年青男人們

春的昆蟲們
蜜蜂　作工的女人
胡蜂
虻 } 作工的男人們

夏的昆蟲們

螢的羣　眞的藝術家
夏　蟬　假文人
蠅　　　無業的女人
蚊　　　無業的男人

秋的昆蟲們

蜻　蜓　女伶
金鈴子　女的音樂家
寒　蟬
蟋　蟀
聒聒兒
螽　斯
（以上四種）男的音樂家

黃　鶯　詩人的音樂家
鵠的羣　藝術家
蛇的羣　墮落的藝術家
蛙的羣　不良少年少女們
蜥蜴的羣　遞送夫
胡蝶的羣　女伶們
春　蟬　舞女
　外有雲雀，燕子等

土撥鼠的家族
　祖　父｝皆六十歲以上
祖　母

其　孫　年青的理想家

舞　臺

始終分爲兩個場面

上面的世界　强者的世界（爲太陽所照，明亮的。）

下面的世界　弱者的世界（雖爲希望所包，然而暗淡的。）

第一幕

第一節

（上面的世界裏，在後面看見春子夏子秋子的小小的田家模樣的房屋。左手有男爵的府第。舞台的一角裏，看見美麗的結了冰的池。正面有櫻，桃，藤之類的樹木。幾處還有雪。

下面的世界是暗淡的，隱約看見掛在後面的三張幕。一張桃紅，一張綠，還有一張是紫的。左手看見城門似的東西，角上生着一株松樹。那樹的根上，有土撥鼠的窠，時而依稀看見，時而暗得不見了。

從下面的世界通到外面——上面的世界——去的門，分明看得出。
開幕的時候，上面的世界是明亮的。
冬風經過，一面向着下面的世界唱歌。）

小小的花兒呀，睡覺的呵，馴良的，
小小的蟲兒呀，也睡覺的呵，到春天爲止。
馴良的，做着相思的夢，春的夢，夏的夢，
睡着覺的呵，到春天爲止。

（風又用了那粗魯的手，觸着樹木的梢頭，說。）

風　喂，你們也睡覺的呵。

桃　知道的，好麻煩！

風　（發怒，憤然的說，）怎麼說？胡說，是不答應的。

櫻　（向了桃，）阿阿，你這纔叫人爲難呢，不要開口了罷。（於是向了風，）風哥，不要這麼生氣，不也好麼。大家都好好的睡着的。看看梅姊姊罷。睡得不很熟麼？說是不到今年的四月，是不開花的。大姊不開，便是我們也那里有先開的道理呢。只有我，因爲愛聽風哥的溫柔的歌，略略的醒了一醒就是了。

風　好罷好罷，眞會說話，但是今年却不受騙了。去年託福，大意了一點，梅小子在正月裏便開起花來了。我挨了冬姊姊怎樣的罵，你們未必知道罷。

櫻　阿呀，這眞是吃了虧了！

紫藤　眞是的！

躑躅　竟罵起這樣和氣的老人來。好不粗鹵呀。

櫻　（向着妹子們，）你們，靜靜的睡着罷。

風　你們，還沒有睡着麼？

紫藤　我是，剛纔，此刻纔醒的。

躑躅　我也是的。

風　快快都睡覺罷。給冬姊姊一看見你們都醒着，就糟了。

紫藤　噢噢，已經睡着哩。

躑躅　我也是的。

風　今年如果不聽話，可就要喫苦了。在今年裏，那些偏要崛强，一早開花的事，還是歇了好罷。

桃　爲什麼又是這樣說？難道今年有什麼特別的事麼？

風　會有也難說的。

桃　說誑，說這些話，是來嚇呼我們的。便是今年，那里會和先前的年頭就兩樣。

風　好倔强的小子呵。只因爲覺得你們可憐，纔說哩。

櫻　（向了桃，）阿阿，不要開口，不好麽。（向了風，）風哥，今年有什麽異樣的事麽？告訴我罷。

風　那是冬之祕密呵。

櫻　阿呀，告訴我。我是，如果風哥要聽什麽春之祕密，都說給的。

風　也肯說桃色的雲的祕密麽？

櫻　肯說的。

風　那是始終跟着春天的罷。

櫻　唔，不知道可是呢。

風　最爲春天所愛罷。

櫻　唔，也許是的罷。

桃　喂，姊姊，不小心是不行的。

櫻　不要緊的，你不要開口罷。

風　今年是，春天不來也說不定的了。

一切樹木　阿呀！怎的？

桃　大槪，說誑罷了！

櫻　說敎你不要開口呢。（向了風，）這不是玩話？

風　眞的。

一切樹木　阿呀！

紫藤　怕呢，我是。

躑躅　（要哭似的聲音，）這怎麼辦纔好呢，哥哥？

桃　不要緊的。有我在這里，放心罷。

紫藤　但是倘使春天不來，我可不高興的。

躑躅　我也不高興的。

櫻　（向了妹子們，）靜着罷。（向了風，）哥哥，怎麼單是今年，

　　春便不來呢？

風　那是，我也不很知道。總之，聽說春姊姊休息的宮殿是，今年早

　　就遭了冬姊姊的魔法的了。但是都睡覺罷。給冬姊姊一看見，可就

　　不得了。要喫大苦的。

（風唱歌。）

　　馴良的，做着相思的夢，春的夢，夏的夢。

　　睡着覺的呵，到春天爲止。

（諷喩的笑着，風去。）

梅　已經走了麼？那麼，我開罷。

櫻　還是等一等罷，我連一點的準備也還沒有呢。况且不又有風的話麼？

梅　不要緊的，我可要開了。你怎樣？

桃　如果姊姊們開起來，我自然也開。

紫藤　我怕呢。

躑躅　我也怕呢。

桃　沒有什麼可怕的，跟着哥哥開，不要緊的。

紫藤　但是哥哥開得太早，我就冷呢。

躑躅　况且春天如果不來了，又怎麼好呵？

桃　不要緊的，自然母親會來給好好的安排的，放心了出來罷。

櫻　倘若自然母親眞肯給想些法，那自然是放心了，……然而上了年紀的事呵。太當作靠山就危險，況且那風的話，也教人放心不下哩。

梅　那倒也不錯。就再略等一會罷。

桃　靜靜的！似乎有誰來到了。

（樹木都睡覺。春子在廊下出現。）

第二節

（春子站在廊下，冷清清的一個人唱歌。）

美麗的花兒呀，睡覺罷，馴良的，

美麗的蟲兒呀，也睡覺罷，永是這麼着。

（春子悄然的立着向下看。夏子和秋子同時在廊下出現。）

夏子　阿呀，外面好冷啊。

秋子　正是呢。（看見春子。相招呼，）春姑娘，今天好。

春子　今天好。

夏子　春姑娘怎麼了？

春子　不，一點也沒有怎樣。

夏子　可是，不是悶昏昏的站着麼？

春子　那是，冷靜呢…………

夏子　什麼冷靜呢？

春子　那倒也並沒有什麼…………

秋子　金兒還沒有信來罷？

春子　（銷沉的聲調，）是的。

夏子　金兒究竟怎麽了呢？

秋子　金兒麼，聽說是有了新的朋友了。還有，金兒是，聽說無日無夜的只想着那新朋友，春姑娘，是罷？

春子　哦哦。

秋子　（仍用了諷喻似的口調，）金兒是，聽說還願意和那朋友到死在一處哩。不是麽，春姑娘？

春子　哦哦…………

夏子　很合式的朋友罷？

秋子　那是很合式的。比我們合式的多呢。是罷，春姑娘。

春子　也許這樣罷。

夏子　我想，這倒是好事情。

秋子　自然是好的，誰也沒有說壞呢。但是，聽說金兒和這位朋友是，一處玩不必說，單是見面也就不容易，因此悲觀着呢。是罷，春姑娘？

春子　說是這樣呢。

夏子　爲什麽不能見面的呢？

秋子　爲什麽？那總該有什麽緣故的罷。可是麽，春姑娘？

春子　哦哦，是罷。

夏子　不知道那朋友可也像那男爵的女兒冬姑娘似的只擺着架子的？

秋子　也許這樣罷。喂，春姑娘？

春子　哦哦…………

夏子　但是，像那男爵的女兒一樣擺着架子的，可是不很多呵。

秋子　一多，那可糟了，冬姑娘一個就儘够了。

夏子　然而金兒說過，是最厭惡那些擺闊的東西和有錢的東西的。

秋子　那是從前的事呵。

夏子　金兒自己還說是社會主義者呢。

春子　是的呵。

秋子　那是先前的事了。這些事不管他罷。那男爵的女兒冬姑娘是上了東京了，春姑娘，知道這？

春子　哦哦。

秋子　不知道爲什麼要上東京去？

春子　不知道。

秋子　夏姑娘知道麼？

夏子　不很知道。也許是因爲鄉下太冷靜，又沒有一個朋友罷？

秋子　不是這麼的呵。說是上了東京，請父親尋女婿去的。聽說冬姑娘今年已經二十歲了。

夏子　哦？（暫時之後，）阿阿，冷呵冷呵。

秋子　正是呢。

春子　（歎息，）唉唉，冷靜。

秋子　是罷。

夏子　男爵那樣的人，無論要尋女婿要尋丈夫都容易，只是在我們這樣窮人家的女兒，若要尋一個男人，可是教人很担心了。

秋子　一點不錯。

夏子　春姑娘眞教人羨慕呵。

秋子　這眞是的。

春子　那里話，也沒有什麼使人到羨慕的處所呢。

夏子　但是，已經定下了女婿了。

春子　沒有這麼一回事的。

秋子　沒有？知道的呢。金兒不就是女婿麼。

春子　那是，那可是還沒有說定的。

夏子　不，那已經是明明白白的事了。金兒是好的。相貌既然長得好…………

秋子　又會用功。

夏子　而且居心又厚道。

秋子　還聽說就要畢業，做醫生了。

夏子　這眞敎人羨慕呵。

春子　有什麼敎人羨慕的事呢。就是凄凉罷了。

夏子　阿阿，好冷好冷，我還是靠了火爐，看些什麼書去罷。

秋子　我也…………

夏子　春姑娘也來罷。

春子　好的，多謝。

秋子　當眞的，你來罷。

（夏子和秋子兩人下。春子惘然的站着。）

第三節

（母親走出廊下來，暫時望着春子。春子毫沒有留心到母親，像先前一樣，惘然的站着。從外面聽到風的歌。）

母　春兒，怎麼了？

春子　母親，聽着風的歌呢。

母　怎樣的歌？

春子　母親却沒有聽到麼？

母　春兒，你究竟怎麼了？

春子　你聽一聽罷。（於是自己唱歌。）

相思的夢，春的夢，夏的夢，
已經過去了，再也不來了，
凄涼的心，睡覺的呵馴良的，永是這麼着。

（春子哭。）

母　你究竟怎麼了？（摸着春子的頭，）阿呀，熱的很呢，春兒，春兒，你不是在說昏話麼？唔，頭痛？

春子　唉唉，痛的，各處痛，（用手按着頭和胸口，）這里，……………
這里也痛。

母　爲什麼到此刻不說呢？這麼冷，爲什麼跑到外面來的？

春子　母親，爲什麼沒有金兒的信來呢？母親，不知道金兒的那新的朋友是男人呢，不知道那朋友可是女人。…………母親，金兒的新的朋友究竟是什麼人？

母　阿阿，這怎麼好呢。

（母親硬將春子帶進家裏去。冬風又在場面上出現，而且唱歌。場面逐漸的昏暗起來，下面的花的世界便漸漸分明的看見。）

第四節

（花的羣睡著。在那旁邊，蛙的羣，蛇的羣，和其他春的昆蟲們，夏的昆蟲們，秋的昆蟲們都睡着。有的睡在窠裏面。有的在卵上，有的蹲在花下睡覺。後面全部被三張幕分作三分。那幕是以桃紅，綠，紫的次序掛着的。春的花看得分明。但是夏的花和秋的花却在左手的大的暗淡的門那邊，依稀連接着。自然母親睡在幕前，頭上看見寶石的冠，肩上是籠罩全世界的廣大的外氅，魔法的杖豎在旁邊。通到上面的世界去的門，看得很清楚。

風的歌漸漸的聽得出了。）

紫地丁　我怕呢。

福壽草　不要緊的。

水仙　我是不怕的。

毛莨　便是我，也何嘗怕呢。

車前草　難說罷？

䕺花　靜靜的罷，給聽到可就糟了。

蒲公英　不妨事的，已經走了。

雛菊　一聽到那歌，眞教人很膽怯。

勿忘草　對了。教人想起春天可眞要不來的事來。

釣鐘草　一點不錯。

蕨　來是來的，遲就是了。

花們　爲什麼遲來的呢？

櫻草　遲來可教人不高興呵。

紫雲英　我也不高興。

紫地丁　這是誰都一樣的。

蘿蔔　默着罷，春是總歸要遲的了。

蕨　去年春姊姊起得太早了，很挨了冬姊姊一頓罵呢。

花們　哦，原來。

櫻草　我是不喜歡冬姊姊的。

紫雲英　我也不喜歡。

紫地丁　那是無論是誰，總沒有喜歡冬姊姊的。

花們　那自然。

雛菊　說是冬姊姊最粗鹵呵。

勿忘草　總擺著大架子，對麼？

釣鐘草　一點不錯。

破雪草　而且是殘酷的。

福壽草　是一個毫不知道同情的東西！

釣鐘草　一點不錯。

蘿蔔　貴族之類就是了。

蒲公英　聽說心裏還結著冰呢，不知道可眞的？

雛菊　唉唉，好不可怕。

女的花們　這眞眞可怕呵。

水仙　我是不怕的。

毛茛　便是我，也何嘗怕呢。

鬼燈檠　小子們，靜靜的。

蕨　那心裏也許結著冰罷，然而頭腦却好的。聽說自然母親的學問，

獨獨學得最高强哩。

福壽草　哼，一個驕傲的東西罷了。

破雪草　不過是始終講大話，擺架子罷。

菜花　靜靜的罷，給聽到可就糟了。

福壽草　那有什麼要緊呢。

蒲公英　聽說那東西說出來的道理，比冰還冷呢，不知道可是眞的？

雛菊　阿阿，好不可怕。

女的花們　這眞眞可怕呵。

水仙　我是不怕的。

毛茛　便是我，也何嘗怕呢。

鬼燈檠　小子們，靜靜的。

福壽草　在那樣的東西那里，不會有道理的，全是胡說罷了。

蕨　那可是也不盡然的。那是一個很切實的，男人一般的女人，又認眞，聽說對於自然母親的法則還最熟悉呵。

車前草　聽說對於自然母親的祕密，也暗地裏最在查考哩。

女的花們　阿呀！

蒲公英　聽說還在那里研究魔術呢，不知道可是眞的？

雛菊　阿阿，好不可怕。

女的花們　這眞眞可怕呵。

水仙　我是不怕的。

毛茛　便是我，也何嘗怕呢。

鬼燈檠　小子們，靜靜的。

車前草　的確是也還在那里研究魔術似的。

蘿蔔　研究些魔術之類，那東西想要做什麼呢？

福壽草　用了魔術，來凌虐幾個妹子罷。

破雪草　可惡的東西！

蘿蔔　知識階級罷了。

桨花　靜靜的罷，給聽到可就糟了。

水仙　不要緊，誰也沒有來聽的。
毛莨　母親正睡得很熟呢。
鬼燈檠　小子們，靜靜的。
蕨　自然母親有了年紀了，所以冬姊姊就想壓倒了春和夏和秋的幾個
　妹子們，獨自一個來統治世界似的。
一切花　阿呀，那還得了麼。
福壽草　那有這樣的胡塗事呢。
破雪草　肯依着那樣東西的胡塗蟲，怕未必有罷。
七草　那是沒有的。
水仙　我是即使死了，也不依。
毛莨　便是我，也不依的。
鬼燈檠　小子們，靜靜的。

茱花　靜靜的罷，給聽到了怎麼辦？
福壽草　哼，有什麼要緊呢。
紫地丁　男人似的女人，是可怕的東西呵。
雛菊　我就怕那樣古怪的女人。
櫻草　我也嫌惡古怪的女人的。
紫雲英　我也是的。
紫地丁　無論是誰，總不會喜歡那樣的女人的。
女的花們　自然不喜歡。
福壽草　沒有同情心的殘酷的東西，我是犯厭的。
破雪草　自然犯厭。
蘿蔔　這類的東西，我始終想要給他們喫一個大苦，但是………。
七草　自然。

菜花　靜靜的罷，給聽到，那可就很糟了。

水仙　不要緊，誰也沒有來聽的。

毛茛　母親正睡得很熟呢。

鬼燈檠　小子們，靜靜的。

櫻草　春眞教人相思呀。

紫雲英　又暖和，又明亮，這眞好呵。

（女的花卉們一齊靜靜的唱起歌來。）

暖和的早春呀，到那里去睡着覺了。
什麼時候纔起來，來到這里呢？
快來罷，暖和的春，
一夥兒，都在等候你……………

（聲音漸漸的微弱下去了。）

菜花　靜靜的。

（一切花都似乎睡覺模樣。）

第五節

（金錢蛙直跳起來，唱歌。）

唉唉，好味道，好味道，

捉住了好大的蟲了。

癩蝦蟆　（醒來，眼睜睜的四顧着，）好味道的蟲麼，在那？

別的許多蛙　（醒來，向各處看，）那里是好味道的蟲，那里？

雨蛙　什麼，夢罷了。

別的蛙　唉唉，單是夢麼。

青蛙　好無聊呵。

蜜蜂　（從窠裏略略伸出頭來，）蝦蟆的聲音呢，不知道可是交了春了？

別的蜜蜂　哦，交了春了？

（都到外面。）

胡蜂　那里，蝦蟆說是做了一個春夢罷咧。

蜜蜂　哦？

金線蛙　唉唉，有味的夢，醒得好快呵。

蜜蜂　究竟做了怎樣的夢了？

胡蜂　怎樣的夢呢？

蠅　什麽無聊的夢罷。

金線蛙　唉唉，那是好喫的夢呵：在滿生着碧綠的稻的田地裏，我因爲要捉一匹蒼蠅，跳起來時，那却是一個比飛虻大過幾倍的東西呵，是有胡蜂這麼大的東西哩。別的一切蛙　唉唉，那是非常好喫了罷。

胡蜂　無聊的夢罷了。

蠅　做那樣的夢，是只有蝦蟆的。

虻　試去叮這小子一口看罷。

蚊　險的，靜着罷。

（金線蛙唱歌）

和好朋友在田圃裏，
看着青天游泳是，
好不難忘呵。
喫一個很大的蟲兒是，
好不開心呵。

胡蜂　無聊。再不會有那樣無聊的曲子的了。
蜜蜂　唱那樣曲子的是，只有那一流東西罷了。
蠅　說是池塘的詩人呢。
虻　我雖然還沒有叮過詩人，不知道那血可好的？

蚊　那里會好呢，又冷又粘的。

（黑蛇動彈起來。）

黑蛇　唔，蛙麼，眞是好喫的聲音呵。

別的蛇　眞是的。

青蛇　該就在四近什麼地方……………

花蛇　（欠伸着，）唉唉，不給我去尋一下子麼？

蜥蜴　靜靜的罷，要挨自然母親的罵的呢。

黑蛇　但是，那是太好吃的聲音了。

青蛇　那是什麼呢，不知道可是金線蛙？

花蛇　雨蛙也就好，給我悄悄的尋去罷。

金線蛙　蛇麼？這糟了！

雨蛙　不要緊，春還沒有起來呢。不要慌罷。

蜥蜴　自然母親不曾說過，春還沒有起來的時候，是不許動彈的麼？

黑蛇　然而即使春還沒有來，好味道的蝦蟆却也想喫的。

花蛇　因爲雨蛙也就好。

金線蛙　自然母親那里去了呢？

雨蛙　靜靜的！

癩蝦蟆　自然母親一定還在睡覺哩。

金線蛙　有了年紀的母親，是不行的了。

別的蛙　眞的呢，單是會睡覺。

雨蛙　靜靜的。

（風在上面經過，唱着歌。）

蛇呀，蝦蟆呀，睡着覺的呵，馴良的，

好喫的夢，春的夢，夏的夢，
一面打熬着，睡着覺的呵，到春天爲止。

黑蛇　已經打熬不住了。
蜥蜴　靜靜的罷，給聽到可就糟了。
金線蛙　蛇小子總是嚷嚷的，馴良的謹聽了風哥的話，不好麼？
黃蜂　在說什麼呵，自己便正是嚷嚷的呢。
蠅　怪物呵。
別的蟲　眞的，厭物罷了。
（風又唱歌。）

小小的蟲兒呀，睡覺的呵，馴良的，

小小的花兒呀，也睡覺的呵，到春天爲止•

菜花　噢噢，都睡着呢。

（風去。）

第六節

蘿蔔　不必這麼多管閒事，似乎也就可以了。

一切花　眞是的。

福壽草　那樣厚臉的保傳，我最犯厭。

破雪草　那是誰都這樣的。

菜花　靜靜的罷，給聽到了怎麼辦？

水仙　不要緊的，已經走了。

雛菊　倘若母親起來，不知道要怎樣的給駡呢。

勿忘草　眞的呵。

釣鐘草　一點不錯。

福壽草　哼，有什要緊呢。

水仙　不妨事的，母親不起來的，睡得很熟呢。

蘿蔔　（暫時看着自然母睡着的所在，）悄悄的出去看一看罷。

春的七草　去，去。

水仙　有趣呵。

毛莨　我也去。一點也沒有什麼害怕的。

菜花　不如等一等罷。

蕨　還早哩。

別的花　是罷。
福壽草　雖然還早，太陽却教人戀戀呢。
向日葵　（將頭向各處旋轉着說，）太陽麽，在那里？
月下香　靜靜的罷，太陽這些，也並不是値得這麽鬧嚷的東西呵。倘是月亮，那固然很有趣。
晝顏　怎麽說？說月亮有趣？說太陽並不是値得鬧嚷的東西？這眞是敢於任意胡說的了，實在是萬想不到的。
向日葵　古怪得很。
夕顏　這有什麽古怪呢，是不消說得的事呵。月亮比太陽有趣，那是誰也知道的。
晝顏　阿呀，那一位又怎麽了？
月下香　那些人們，怎麽會懂得夜的幽靜和月亮的美呢，鄉下人之流罷了。

夕顏　（恐怖着，）這固然是的，但是不至於會來咬罷？

牡丹　想起來，花裏面也有着許多瘋子的。給這類東西，便是溫室也罷，總該造一點什麼纔好。

向日葵　而且要是第一名瘋花，便應該將牡丹似的擺闊的東西關進去。

月下香　不錯。

向日葵　不懂得太陽的光的東西，無論怎樣闊，總不行。

晝顏　是的呵。

月下香　不知道月亮的光的東西，無論怎麼美，也不行的。

夕顏　自然。

牡丹　說什麼！

玉蟬花　阿呀，算了罷。和那樣的下流東西去議論，只是和人格有礙罷了。

朝顏　阿阿，說是那樣的東西也有人格的？

燕子花　靜靜的罷，倘給自然母親聽到了，可就要挨罵的呵。

鈴蘭　那一夥究竟在那里鬧什麼，我是一點也沒有懂呢。

百合　那是，向日葵以及月下香之類擊究着光的那一夥，都說玉蟬花和牡丹等輩，只有美，而擺着架子的這一夥，也可以當作瘋子，關到溫室裏面去。但是玉蟬姊和牡丹兄這一面，却說是將光的擊究者先當作瘋子關進溫室去的好。

鈴蘭　便將那兩夥都關起來，也未必大錯罷。無論那一夥，都沒有什麼香，一沒有香，就無論怎樣擺闊，也總沒有什麼所以爲花的價值了。

牡丹　連你們那樣的東西，也有了開口的元氣了麼？你們的糟蹋空氣，已經夠受了。

月下香　眞的，糟蹋了空氣，給大家怎樣的爲難，自己也應該想一想纔好。

朝顏　厚臉皮的人罷了。

玉蟬花　實在是無可救藥的人呵，糟蹋了空氣，還要擺闊……………

牡丹　不要臉的畜生！

向日葵　不知道太陽光的奴才！

月下香　不懂得月亮光的奴才！

玉蟬花　全是幾位連什麼美都不知道的人們呀。

燕子花　好好，靜靜的罷。

（風在上面的世界經過，而且唱歌。）

相思的夢，春的夢，夏的夢，

馴良的做着，睡着覺的呵。

（風諷喻的笑着，去。暫時都沈默。下面的世界漸漸昏暗起來。）

第七節

（先前昏暗了的下面的世界，左手的場面略略明亮。在微弱的光裏，隱約的看見土撥鼠的窠。土撥鼠的孩子躺在牀上，祖父和祖母坐在那旁邊。

祖母唱着歌。）

阿阿，我的孫兒呀，可愛的孫兒呀，
靜靜的睡覺罷，不要哭呵睡覺罷。
沒有爹的兒，
不要哭的呵，不要哭的呵，雖在暗的夜。
沒有媽的兒，
不要哭的呵，不要哭的呵，雖在睡覺的時候。
夜夢裏，爹爹一定來，
抱着孩兒，給看好東西。
夜夢裏，媽媽一定來，
抱着孩兒，給你好東西。
阿阿，我的孫兒呀，靜靜的睡覺罷，

靜靜的睡覺罷，不要啼哭着！

孫　祖母，不行，我已經不是孩子了。

祖父　不是孩子，也應該睡覺的。

孫　睡不去，祖父。

祖母　這是怎麽說呢？

孫　祖母，你唱一個歌，使沒有爹娘的我的心的凄凉能够睡覺罷。

祖母　阿呀！

孫　不論睡下，不論起來，凄凉總是時時在胸口裏動，蛇似的………

祖母　阿呀。

孫　使這凄凉能够稍微睡去的，給唱一個歌罷。

祖父　爲什麽又是這樣的凄凉起來了。論起吃的來，又有鮏蚓………

祖母　又有蟲。

孫　祖母，父親和母親是怎麼死掉的？

祖父　那是兩個都是古怪東西呵。

祖母　哦哦，對了。兩個總是想到那可怕的上面的世界去。

祖父　於是，終於一個給人類殺死了，一個給猫頭鷹捉去了。

祖母　唉唉，上面的世界眞可怕，始終是明晃晃…………

孫　祖父，爲什麼我們始終住在泥土裏，到那太陽照着的上面的世界去是不行的？

祖父　太陽照着的那上面的世界，是被那些比我們强得多多的一夥佔領着的呵。

祖母　那世界是强者的世界，危險東西的世界呵。

祖父　我們是泥土裏就儘够了，又有蚯蚓…………

祖母　又有蟲…………

孫　强者住在那太陽照着，又美，又樂的世界上，而我們却應該永遠的永遠的住在泥土裏，這事我已經忍不住了。這是豈有此理的。

祖母　那是自然母親這樣的辦下了的呵。不要多講費話呵。

祖父　自然母親的首先的定規，是强者勝，弱者敗的。

祖母　所以，還是不要和强者去胡鬧，馴良的住在泥土裏最平穩呵。

祖父　况且泥土裏又有蚯蚓…………

祖母　又有蟲呵。

孫　我就想著那太陽照着的世界。我只想着那泥土上面的美的世界。

祖父　不要胡說。我們是早就住在泥土裏的了，所以即使現在走到那個世界上去，也不見得有什麽好處的。

祖母　那里會有呢。在那個世界上，日裏是人類搖搖擺擺的走着，夜裏是可怕的貓頭鷹霍霍的飛着，怎麼會有好處呵，只有怕人的事罷了。

祖父　便是在花卉和昆蟲們都很見慣的太陽，也不是我們的眼睛所能看得見的。因爲那光，我們便瞎了。小鳥歌詠着的太陽的暖和，也不是我們所能受得住的。一遇到這，我們不久便死了。不將這些事牢牢記着，是不行的。

孫　祖父，這是知道的呵，但是倘使我們許多代，接連的住在上面的世界裏，那麼我們的子孫，也一定能住在太陽照着的美的世界上了。

祖父　這也許如此罷，然而遇到微弱的光便瞎了眼的我們，又怎麼能防那開着眼睛的强有力的東西呢？

祖母　唉唉，在那樣的滿是危險東西的世界裏，我是一分鐘也不想住。

祖父　對了，比起外面來，不知道這里要穩到多少倍，又有蚯蚓……

祖母　又有蟲………

孫　我要做强者；我要能够看見太陽照着的美的世界的眼睛；我要力，要人類和狐狸一般的智慧。

祖父　胡塗蟲！

祖母　阿阿，赶快，睡罷睡罷。

孫　睡不着。我都美慕，熊的力，人的智慧，花的美，都美慕。我又都憎惡，强者，有智慧者，美者，都憎惡。

祖母　阿唷！

祖父　這小子可不得了了。

孫　連那有着父母的孩子，有着親愛的朋友的誰，有着智慧的自己的朋友，我也都怨恨。一面怨恨著一切，一面覺着凄凉。祖父，祖母，這怎麼辦纔好呢？

（孫土撥鼠哭。）

祖母　阿阿，不要哭罷。沒了父母的孩子，眞是難養呵。

祖父　沒有父母的孩子，是一定變成壞東西的。

祖母　這自然，但也可憐呵。

孫　我不想變成壞東西。我想愛一切。不，我愛一切的。想做一切的朋友的。然而一切都不將我當朋友，因爲我是土撥鼠……………。祖母，我已經不願意在這里了。或者成了强者，住在太陽照着的美的上面的世界裏，或者便到永久黑暗的死的世界去，這都可以的，只是泥土裏却不願意再住了。（起身要走。）

祖母　阿阿，那里去？（拉住。）

祖父　靜着罷，胡塗東西，此刻出得去麼？

孫　怎的出不去？

祖母　通到外面的門上頭，冬姊姊早已牢牢的下了鎖了。

祖父　今年是，如果春天不起來，花和蟲都未必能夠出去罷。那些東西去年太早的跑出世界去鬧起來了，冬姊姊不知道怎樣的爲了難呢，所以今年如果春天不起來，便誰也未必能夠出去了。

祖母　那些東西嚷嚷的鬧起來時，我眞不知道多少擔心哩。

孫　我去叫醒春來罷。爲了花，爲了蟲…………

祖父　不要胡說罷。便是自然母親，在今年也還不容易叫起春來呢。

祖母　是呵，那些東西第一是不要胡鬧的好。

孫　怎麼叫不起春來？

祖母　說是冬姊姊在春妹子休息着的宮門上，早已用上了魔術了。

孫　怎樣的？

祖母　說是那宮殿的門呵，倘不唸魔術的句子，便無論誰都開不開。

孫　這句子誰知道呢？

祖母　哦，說是知道的却不很多呢。

孫　祖母知道？

祖母　阿阿，早早的睡罷，睡罷。

（風在上面的世界經過，而且唱歌。）

外面寒冷呵，凄凉呵，

這麼想着睡着覺的呵，馴良的，

到春天爲止。

祖母　外面糟哩，又冷，又亮，人類也搖搖擺擺的走着，貓頭鷹也霍霍的飛着……

祖父　然而竟還有想到那樣地方去的胡塗蟲，這有什麼法子呢。

祖母　阿阿，靜靜的……

（場面全然昏暗，在看客看不見了。於是有花的地方漸漸明亮起來。）

第八節

福壽草　聽到了麼？

一切花　（醒來，）什麼？

福壽草　說是冬鴉頭要敎我們出不去，已經在外面的門上上了鎖了。

棠花　這眞的麼？

破雪草　正像冬鴉頭做得出來的事。

櫻草　冬是我最犯厭的。

紫雲英　我也犯厭。

蒲公英　眞會想呵。

蕨　雖然是獃氣…………

水仙　可惡的東西！

毛莨　眞是可惡的東西呵。

鬼燈檠　小子們，不要鬧。

蘿蔔　畜生！

七草　眞是畜生忘八的。

棠花　阿阿，靜靜的！

雛菊　如果母親起來了，不知道要怎樣的給罵呢。

水仙　不妨事，不起來的。

毛莨　正睡得很熟呢。

鬼燈檠　小子們，還不靜靜的麼？

福壽草　但是，或者倒不如出去看一看罷。

七草　去罷，去罷。

破雪草　門不開，便打破他。

水仙　打破他，打破他。

毛莨　我是强的呵。

鬼燈檠　小子們！

福壽草　彷彿我們不出去，春便不會起來似的。

蘿蔔　我們是春的先驅。

一切花　的確這樣。

榮花　倒不如等一會罷，現在也還冷呢。

蕨　還是等一等好罷。

車前草　我却也這樣想。

福壽草　等什麼？冷，有什麼要緊呢。

七草　自然不要緊。

水仙　我是毫不要緊的。

毛莨　我也不要緊的，然而冷也討厭。

鬼燈檠　小子們，靜靜的。

蘿蔔　外面雖然冷，但是自由呵。

七草　不錯。

破雪草　自由是最要緊的。

七草　不錯。

福壽草　自由的世界萬歲！

水仙毛莨七草等　萬歲！萬歲！

女的花們　阿呀，好鬧。

菜花　自然母親會醒的呢。

水仙　不要緊的。

毛莨　不會起來的，不要緊。

鬼燈檠　小子們！

福壽草　冷的自由世界，比暖的監獄好。

七草等　一點不錯。

雛菊　如果母親起來了，不知道要怎樣的給罵呢。

水仙　不要緊。

毛莨　不起來的，睡得很熟呢。

鬼燈檠　小子們，還不靜靜的麼？

紫地丁　我雖然愛自由，但是冷也討厭。

勿忘草　暖比什麼都好呵。

釣鐘草　一點不錯。

福壽草　這些話，就正像女人要說的話。

蘿蔔　所以我是最厭惡女人的。只要暖，別的便什麼都隨便了。

紫地丁　愛什麼蘿蔔之類的女人也不見得多的，放心就是了。

破雪草　比女人更無聊的東西，不知道可還有？

紫地丁　在破雪草中間搜尋起來，也許有的罷。

蒲公英　我雖然喜歡男人似的女人，而於扭扭揑揑之流却討厭。

水仙　單知道時髦！

毛茛　却還要擺架子。
鬼燈檠　小子們！
勿忘草　時髦之類，是誰也沒有學呵。
釣鐘草　對了。
櫻草　我們雖然沒有學…………
紫雲英　我也沒有。
蘿蔔（看着釣鐘草，）我以爲比女人似的男人更討厭的，是再也沒有的了。
七草　的確，的確。
釣鐘草　這話是在說誰的？
棠花　阿阿，吵鬧這等事，歇了罷。
一切花　眞是的。

福壽草　吵鬧這類的事，算了算了。不願出去的這一夥，可以唱一點什麼歌，使自然母親穩穩的睡着。至於要跟我出去的這一夥，那麼都來罷。

性急的花們　去呵，去呵。

（破雪草，紫雲英，水仙，七草，毛莨，車前草，櫻草，蒲公英等，還有一直睡到此刻的花們也都醒來，向着門這一面去。留下的花卉們一齊唱歌。）

睡覺罷，睡覺罷，自然母親呀，
做着過去的夢呵，和那未來的夢，
靜靜的睡覺罷，自然母親。

福壽草　（用力的推門，）很不容易開。

蘿蔔　大家都來推著試試罷。（推門。）

破雪草　也不行。

櫻草　沒有鑰匙，怕不行罷。

紫雲英　是罷。

水仙　試去推一推看。

毛茛　我是强的。

鬼燈檠　（從對面這邊說，）喂，小子們。

水仙　住口，已經不怕了。

毛茛　我也不怕。

蘿蔔　來，推一推看罷。（推不開門，）畜生。

大衆　眞是畜生呵。

孫土撥鼠　（進來，）開不開麽？

福壽草　哦哦，如果沒有鑰匙…………

土撥鼠　再推一回看罷。

（留下的花卉們在對面這邊唱歌。）

忘了罷，忘了罷，自然母親，

看着戀戀的往昔，和相思的未來，

忘了罷，

單將今日忘了罷。

（福壽草等輩拚命的推門。）

破雪草　不成！

櫻草　我是，已經，乏了。

紫雲英　我也是的。

水仙　我是一點也沒有乏呢。

毛莨　便是我，也好好的。

鬼燈檠　喂，小子們。

水仙　什麼？默着罷，不怕的。

毛莨　無論怎麼嚇呼，也無益的。

蘿蔔　這畜生！

大衆　畜生。（門仍不開。）

蒲公英　聽說春不起來，這門是開不開的，不知道可的確？

水仙　去叫起春來罷。

毛莨　我嚷起來試試罷。

鬼燈檠　喂，小子們。

水仙和毛莨　不怕的！

土撥鼠　那春休息着的宮殿是，聽說冬已經用了魔術咒禁起來，倘不知道魔術的句子，是誰也開不得的了。

大衆　畜生。

福壽草　不知道這四近可有知道那句子的？

土撥鼠　我的祖母雖然像知道…………

破雪草　雖然很勞駕，可以去問一問麼？

福壽草　就是爲了一切花的緣故，拜託拜託。

一切花　千萬拜託。

土撥鼠　知道了，然而說不定可能够。

水仙　再推一回試試罷。

毛莨　我這回可要儘力的推哩。

鬼燈檠　喂，小子們。

毛莨（低聲，）畜生。

蘿蔔　推罷。

破雪草　喂，在那里唱歌的列位，可以也過來幫一點忙罷。

茱花　我是去的。

紫地丁　我也去的。

含羞草　我雖然也想去，但惹着我是不行的呵。

水仙　誰也不來惹你的。

勿忘草　我怕呢。

雛菊　如果自然母親醒來了，不知道要怎樣的給罵呢。

釣鐘草　其實倒是不要性急的好。

鈴蘭　本來是馴良一些也可以的。

牡丹　我是敬謝不敏了。

福壽草　不願意去的那一夥，默着罷。

蘿蔔　孱頭！

破雪草　低能兒！

牡丹　你們在說誰呢？

破雪草　那畜生擺什麼架子。

蘿蔔　懼憚你的可是一個也沒有呢，胡塗小子。

一切花　畜生！

牡丹　怎麼說!?

土撥鼠　喂，再不聽話些，就要吃掉你的根了。

牡丹　（低聲，）我可是什麼也沒有說……………

一切花　（在裏面說，）孱頭，畜生！

百合　對於羣衆眞是沒法呵。

玉蟬花　下等呀！

雛菊　阿阿，靜靜的罷，豈不害怕麼。

福壽草　來，推哩推哩，一，二，三，（推門，）再一回。

土撥鼠　喂，蝦蟆們，你們也不起來幇一幫麼？

金線蛙　（起來，）幫去的。

黑蛇　（也起來，）我們也幇去。

癩蝦蟆　幇忙本來也可以，但是蛇小子要胡鬧，可就難。

土撥鼠　不妨事，誰也不胡鬧的。（向了蛇，）如果胡鬧，是不答應的呵。

黑蛇　請放心罷。

（蜜蜂，胡蜂，蠅，和別的昆蟲們許多都起來。）

蜜蜂　我們本也可以去相幇的，只是蝦蟆可怕呢。

金線蛙　不要緊，饒你們這一天罷。

蜥蜴　（起來，）我們也來幇一幇罷。

（大家都走近門邊去。）

福壽草　好，再推一回試試罷。（推門。）

含羞草　惹着我是不行的呵。

毛莨　誰也不來惹你的。

（風進了上面的世界，大聲的唱歌。）

外面寒冷呵，凄凉呵，

這麼想着睡着覺的呵，馴良的，

到春天爲止。

（風諷喻的笑。）

福壽草　什麼外面寒冷呵之類，是說誑的，風的誑話罷了。（推門。）

風　喂，誰呢，說些不安本分的話的是？

福壽草　是我們。

風　草花麼？

大衆　對了。

風　畜生，馴良的睡覺罷。要給喫一頓大苦哩。

破雪草　哼，有什麼要緊呢。（奮勇的推門，門略動。）

風　喂，你們的意思是不依冬姊姊的命令麼？

大衆　自然不依。

破雪草　那樣東西的命令，也會有來依的胡塗蟲麼？（推門，門略動。）

大衆　唉唉，動了，動了。

破雪草　再一回。（大家一齊推門。）

風　倘不便歇手，就要叫冬姊姊了。

大衆　叫去，有什麼要緊。

破雪草　好，再一回。

大衆　自由的世界萬歲！

（聽到風的可怕的口笛，大家歇了手，都害怕。）

紫地丁　我怕呢。

茱花　總之還是早些回去罷。

（有的花便赶忙的跑回了原處。

冬的王女在上面的世界裏出現，是一個高大壯健的，强有力的美少年似的女人，脚上穿着溜冰鞋，披白氅，頭上閃着冰的冠。）

冬　喧嚷的是誰呀？

風　是草花們想到外面去，正在毀門呢。

冬　畜生，想到外面去的是誰，福壽草，還是七草這些小子呢？春天的引線兒！

風　彷彿還不止這些呢。蟲和蝦蟆和蛙，也都在喧嚷似的。

（蛙和蛇和昆蟲都想逃回自己的地方去。）

黑蛇　誑呵，我們都睡着。

蛙　我們也是的。（狼狽的尋覓着自己的位置。）

冬　可惡的東西，可要給喫一頓大苦了呵。可是母親怎麼了？

風　自然母親是正在安息哩。

冬　是罷，將宇宙交給這樣上了年紀的老婆子，那有這樣的胡塗東西的呢。

（冬將鑰匙放進通到下面世界的鎖裏，想要開門。花卉們都逃走。）

福壽草　我是不逃的。

水仙　我也不。

蘿蔔　我也不要緊的。（躲在墻陰下站着。）

雨蛙　（迷了路，不知道往那里走纔好，彷徨着，）怕呵，這怎麼好呢。

土撥鼠　不要緊的，到這里來罷。（用自己的身子護住了雨蛙。）

第九節

（冬進了下面的世界。都裝着睡覺模樣。）

冬　不成不成。我是不受你們的騙的。春的線索兒。（抖動氅衣，雪落在花上。這其間，水仙和福壽草等偸偸的跑出門外，梅也開起花來。）

花　阿阿，冷呵冷呵。

冬　還要給你們冷下去哩。（舞動氅衣。雪大下。）

花　母親！

冬　（見了蟲和蛙，）也不受你們的騙的呵。（抖動氅衣，雪落在蟲和蛙上。）

蟲和蛙　母親，母親！

冬　（看見土撥鼠，）你在這里做什麼？

土撥鼠　我也想到自由的世界去。

冬　想到自由的世界去？畜生！凍死你。（抖動氅衣。）

雨蛙　母親！

土撥鼠　咬你。我和花不一樣的。

冬　不要說不自量的話，要咬，咬罷。（提起脚來要踢去。）

土撥鼠　（跳上前，一面大呌，）咬你！

冬　（吃驚，退後，）這畜生，記着罷！

大衆　母親！

土撥鼠　（跳到自然母的膝上，）母親，母親，快起來罷，趕快，赶快！

自然母　（醒來，）怎麼了？地球又遭了洪水呢，還是富士山淺間山又鬧什麼玩意兒了？阿阿，冷呵。不知道可是地球又回到冰河時代了不是……

大衆　母親，冷呵，冷呵。

母　（擦著眼睛，仔細的看，見了冬，）阿呀，那還了得，冬兒，你怎麼到這地方來？這不是你來的地方呵。快點出去，快點快點。

冬　母親，你太不行了，什麼時候總睡覺。這一夥以爲這是機會了，不正在毀那到外面去的門麼？

母　阿阿，頑皮的孩子們呀。

冬　這些東西，我已經犯厭了。都給凍死了罷。（舞動氅衣。）

大衆　母親，母親。

母　唉唉，不行。豈不可憐呢，你！

冬　那里，這有什麼可憐呢，畜生。（抖動氅衣，雪大下。）

大衆　母親。

母（用自己的氅衣遮了花，）住手罷，不知道同情的鴉頭。

冬　還有什麼能比同情和愛更其獃氣的呢，這都是怯弱的沒用的東西的夢話，低能兒的昏話罷咧。因爲母親始終只說着這樣的夢話，這些東西便得意起來，紛紛的隨意鬧。去年，他們在二月裏已經跑出去了。母親呢，不單是笑着不管麽。可是今年，我却不答應的。給他們都凍死。

（冬將氅衣奮然的抖擻。雪下在昆蟲上。自然母護住了昆蟲。）

母　阿阿。你，莫非發了瘋麽？趕快的出去罷，我說赶快的。（要逐出冬去。）

蟲　母親。

冬　不不，今年一定給都凍死。（將雪灑在花上。）

母　唉唉，好一個殘酷的鴉頭。春兒，給我快來罷。

冬　（笑着說，）春那里會來呢。

母　春，春，快點起來罷。

冬　不中用的，不起來的。（抖著氅衣，將雪注在花卉和昆蟲上。）

大衆　母親，母親！

母　住手罷，冬兒，春怎麼了呢？

土撥鼠　母親，春姊姊那里，是遭了魔術了。倘不知道魔術的句子，那便出不來，也進不去的。

冬　住口，要給你喫一個大苦呢。

母　阿呀，你做了這樣的事麼？

冬　（笑着，）今年是，可要給全都凍死了。（抖着氅衣，雪大下。）

大衆　母親，母親！

母　立刻出去！

土撥鼠　母親，我試去調查了魔術的句子，迎接春姊姊去罷。

冬　住口，要給你喫一個大苦呢。（將雪來灑土撥鼠。）

土撥鼠　不怕的呵，要迎接春去了，我知道魔術的句子呢。

冬　畜生。（要灑去許多雪。）

母　（拿起魔術的杖來，靜靜的揮動着，）走，去罷。

冬　（向了土撥鼠，）記着罷，我是决不忘掉的。

土撥鼠　不怕的，我要迎接春去了。

冬　（受了自然母的抑制，怏怏的出門，看見門外的福壽草和水仙，）畜生，已經跑出來了。給你們，可眞要給喫一個大苦哩。（將氅衣狂縱的抖擻着。）

大衆　母親，母親！

母　歇了罷，豈不可憐呵。

冬　這有什麼可憐呢！

冬　（自然母關了門。）

（看見上面的世界的梅花，）連這些小子們都已經開起來了，畜生。

（雪大下。冬風又來。）

冬　不給這些東西都凍死，是不答應的。

風　凍死他們。（風大作。）

福壽草水仙等　母親，母親。（聲音漸漸微弱下去。）

母　唉唉，好不可憐呵。

花和蟲　（走近自然母去，）母親，冷呵，冷呵。

母　是罷是罷，就給你們暖和哩。（將自己的氅衣蓋住他們，又用手撫摩着，）已經好了？

大衆　還很冷。

（自然母坐下。蛇蟲都進了伊的懷袖中，蝦蟆跳到膝上。）

大衆　冷呵冷呵。

母　（撫摩着他們，）好罷好罷，就給你們暖和哩。

（冬在上面的世界裏唱歌。）

花們　冷呵冷呵。

母　靜靜的罷，就給你們暖和起來…………

（冬的歌還不完。）

不安本分的草花們，討人厭的蟲豸們，
惡作劇的樹木這些畜生們，都睡覺的呵。
不要醒，不要醒，

醒得太早的畜生是，
要給喫一頓大苦的。
都睡覺，不要醒，
單將做夢滿足着罷。

（敲着春子的家的門，冬還是唱。）

不安分的人類的兒也睡覺的呵，馴良的，
醒過來時是危險的，
醒得太早的小子是
就要喫一個大苦的。
睡得熟，不要醒，

單將做夢滿足着罷。
喂，睡覺罷，都睡覺，
連那不安本分的草花們，討人厭的蟲豸們，
惡作劇的樹木這些畜生們。

花　好冷好冷。

（冬唱着歌，去了。）

母　我不是早對你們說過，教不要頑皮的麽？不聽母親的話，是無論什麽時候都要喫苦的。做母親的本以爲一切規則都定得很正當的了，到了現在，却不知道爲什麽一切都不如意。我那說出來的話，本來也就想打算你們的利益的…………

土撥鼠　（靠在母親的膝上，）母親，强者生存，弱者滅亡。强者住在美的，太陽照着的世界上，弱者不能不永遠在泥土裏受苦。這母親的第一的法則，難道也爲了我們的利益麼？這法則，在我已經够受了…………

花和蜂　我們是不贊成這樣的規則的。

雨蛙　我們總是被蛇和鶴吞喫的事，是不願意的。

蛙的羣　不願之至的。

黑蛇　住口。蝦蟆被蛇吞喫這一條規則，是很好的。至於我們被別的東西欺侮這一條，那自然要怎樣的請删去了纔是…………

蛇的羣　對了，請删去罷，請删去罷。

花蛇　不知道可能請另定一條規則，將人和猪都給我們喫麼？

蛇的羣　這好極了，眞眞好極了。

黑蛇　母親，趕緊定下這樣的規則來罷，大家都在拜託你。

一切蛇　拜託呵，拜託呵。

蛙的羣　不行，不行。

蠅　被蝦蟆吞喫，我們也不願意的。

蟲們　自然不願意，自然不願意。

金綫蛙　不要胡說！這是當然的事，無論怎麼說，總歸不行的。

蛙的羣　不行，不行。

蟲們　我們可是不甘心呵，母親。

母　阿阿，靜靜的罷，靜靜的罷。（用手撫摩着他們。）强者生存弱者滅亡這法則，的確是我的第一的法則。然而所謂强者，是怎樣的呢？有着强有力的手脚的，有鋒利的爪牙的，有可怕的毒的，這樣的東西，就是强者麼？

大衆　那自然是强的呵，自然是。

母　不然的，這樣的東西並不是强者。對於一切有同情，對於一切都愛，以及大家互相幇助，於這些事情最優越的，這纔是第一等的强者呢。同情，愛，互助，全都優越的，這纔永遠生存下去。倘使不知道同情和愛和互助的事，那便無論有着怎樣强有力的手脚和巨大的身體，有着怎樣鋒利的爪牙，有着怎樣可怕的毒，也一定，毫不含胡，要滅亡下去的。

黑蛇　這一層我們是不贊成。

蛇的羣　自然不贊成。

大衆　靜靜的。

母　還有一層，你們似乎專在將自己的生命和子孫的生命都竭力延長起來的事，作爲目的，以爲靠着這事，便可以得到幸福了。殊不知這是大錯的。無論是十年的生命，一萬年的生命，一億年的生命，對於永久，都不過一瞬息。這是時的問題，而並非心的問題了。只有以彌滿着美的愛的生活，作爲目的的，纔能够得到幸福。倘能在自己的生活上，表現出自己的心的最好，最美，而且最正的事來，即使那生命不過接續了一分時，這比那接續了幾億年，而表不出一些心的好的，美的，正的事情的白費的生命，却尤其崇高，尤其重要。爲什麼呢？因爲有那又美又正的愛彌滿着的生命，是這宇宙即使滅亡，也永遠的永遠的被我使用，作爲永久的模範的。我想要將這永久的使用的。不要忘却，牢牢記着罷。只在以美的正的愛彌滿着的生活作爲目的的者，纔有幸福。

（自然母說話之間，黑蛇悄悄的從伊懷裏伸出頭來，想捉雨蛙。）

一切蛙　阿阿，危險危險，蛇，蛇……

雨蛙　母親，母親。（蛙們都跳下膝髁去。）

青蛇　怎樣？到手了？

黑蛇　唉唉，脫空。

花蛇　廢料！

黑蛇　對我，可是誰也不給同情呵。所以都要滅亡的罷。

土撥鼠　（跳到自然母的膝上，）喫了我也可以的，如果是這樣的肚餓……

（都吃驚，比較的看着蛇和土撥鼠。）

黑蛇　不知道味道可好？

花蛇　唔，可好呢，沒有吃過呵。

黑蛇　總之，今天姑且絕食罷。（縮進懷裏。）

大衆　蛇萬歲！

或者　土撥鼠萬歲！

母　（摩着土撥鼠，）懂得我的話了。阿，都睡罷。冬又來哩。

（風在上面的世界出現，且唱歌。）

喂，睡覺罷，都睡覺，

單將做夢滿足着罷。

連那不安本分的草花們，討人厭的蟲豸們，

惡作劇的樹木這些畜生們。

（都睡了覺。）

自然母　（獨自說，）我本以爲一切規則都定得很正當的了，到了現在，却不知道爲什麼一切都不如意…………

（於是自然母也睡了覺。上面的世界裏，下着大雪。）

第二幕

第一節

（場面同前。梅花盛開，樹下的雪地裏，開着水仙和福壽草之類。下面的世界是晻淡的，花和蟲仍然睡着。

秋子走出外面，一面劈柴，一面唱歌。）

凄凉的心，不要痛，不要痛罷，
苦惱的胸脯呵，不要洶洶的煩擾罷，
隱藏了痛苦的重傷，不要給人看罷，

將那給你重傷的人，不要忘掉罷，
不要忘掉，而又去親近罷。

（夏子擔着水，從對面走來。）

夏子　春姑娘怎麼樣？

秋子　總是這樣子。

夏子　熱可退了一點麼？

秋子　退什麼呢，只有加添上去罷了。

夏子　也還是說昏話？

秋子　哦哦，總一樣。

夏子　怎樣的？

秋子　這個，說是地下世界的黑的土撥鼠兒，就要來迎接了……

夏子　唉唉，好不怕人。春姑娘就要死罷。

秋子　說不定呢。

夏子　這眞眞可憐呵。伯母已經打電報給金兒了？

秋子　沒有……

夏子　爲什麼不打去？

秋子　那是，即使打了去，也是空的罷。……

夏子　爲什麼？打去，便回來的罷？

秋子　那里會回來呢。什麼時候，春姑娘不曾經說過的麼，說是金兒有了朋友了。

夏子　哦，還說和那朋友，願意到死在一處……

秋子　哦哦……

夏子　只是那朋友究竟是誰呢？

秋子　那朋友麼，聽說是富翁的女兒。

夏子　阿阿……然而這是謠言罷？……

秋子　那里，怎麼會是謠言呢，金兒現將這事寫了信，寄來了。

夏子　唉唉。

秋子　伯母因爲看得春姑娘可憐，到現在還沒有說。然而春姑娘却彷佛已經知道了似的。

夏子　但是金兒會和那女兒結婚麼？

秋子　這會罷。便是金兒，也一定喜歡有錢的。

夏子　這固然就許如此罷。因爲已經窮夠了的。只是伯母却眞可憐。便是伯母，一直到現在不知道爲金兒費了多少心力呢。單是每月寄學費，也就不是容易的事了。

秋子　這自然。但是金兒一到那邊去，就會來還錢，聽說那女兒是非常之有錢的。

夏子　即使這樣，想起春姑娘的事來，也還敎人氣苦。我以爲金兒是有些可惡的，春姑娘這樣的愛他，伯母這樣的重他……

秋子　現在的世上，金錢第一呵。沒有錢……（聲音中斷，）沒有錢……沒有錢的是不行的。沒有錢，現在是什麼事都不能做。便是想求學也不行，想做自由的人也不行。永是這麼着，永是這麼着……只是，有錢的東西可眞討厭。（氣急敗壞模樣，）我是最不願意在人面前低頭的！

夏子　金兒正也這樣的罷。你是，本來總和金兒合式的呵。

秋子　你說什麼！？（氣急敗壞的，眼裏淌出淚來。）

夏子　秋姑娘怎麼了，也還是可惜金兒去做富翁的女婿罷？

秋子　金兒到那里去，和我有什麼相干呢。

夏子　金兒還常常說：和大家一同和睦的勞動着，也如不在富翁面前低頭一樣，要努力的並不在那男爵面前低頭哩。

秋子　再不要提起這些事來了，拜託你。

夏子　這回却反而自己想做富翁了，好不教人酸心。（抱着秋子啼哭。）

秋子　金兒的事，不要再提起了。

夏子　然而倘使做得到，秋姑娘也要和富家結婚的罷？

秋子　不，我已經打算不結婚了。

夏子　爲什麼？

秋子　無論爲什麼……

（秋子放了夏子，吐一口氣，眼裏淌下淚來。）

秋子　我是，想做一個自由的女人呢。

夏子　做一個自由的女人，那麼？

秋子　那麼……

夏子　那麼？

秋子　（擲了劈柴的斧，）那麼成了社會主義者，去運動去。

夏子　阿阿，秋姑娘！

秋子　哦，到裏面去罷。（檢集了木片，走進自己的家裏。）

夏子　（擔着水桶，）秋姑娘，也携帶我罷，秋姑娘。

（兩人去。

冬和風都唱歌。）

被魔術的力睡下了的

春是不再起來了，

永是這麼着，永是這麼着。

（下塲。雪靜靜的下。）

第二節

（塲面同前。上面的世界仍然明亮。）

蘿蔔　好冷呵。

七草　眞是的。

福壽草　我以爲就要沒有性命的了，這回可是不要緊了。

水仙　我也不要緊了。

蘿蔔　梅姊，這樣的冷，要拖到什麼時候呢？

梅　到什麼時候呢，本來是春就該到來了的……

蘿蔔　說是春被囚在自己的宮殿裏，不知道可是眞的？

櫻　那宮殿上著了魔術，是眞的呵，我不願意開花呵。

福壽草　好不孱頭的姊姊。

水仙　（用了低聲，）我最討厭這樣的姊姊，單知道時髦……

七草　噓！

蘿蔔　雖說是倘不知道魔術的句子，要到那宮殿裏去進出都不行……

梅　這是誑罷。

桃　怎麼會是誑呢，冬是始終憎惡著春的妹子的，所以這回用了魔術

敎春喫些苦，也不是意外的事。

紫藤　那麼，我們怎麼辦纔好呢？

躑躅　我們已經冷不過了。

七草　我們也是。

桃　這也用不着啼哭的，再忍耐些時罷。弟兄們總會替我們想什麽法子的罷。

櫻　那些不安分的東西，那里靠得住。

桃　這雖然如此……

櫻　都沒用，又膽怯……

蘿蔔　並不然的，可靠的也有呢，雖然女的那些却這樣。

水仙　自己正膽怯，還說人。

櫻　說女的怎樣？

蘿蔔　女的膽怯呵。

水仙　對了。

櫻　可惡的小子們。

桃　阿阿，不要開口了罷。

梅　眞的，靜下來罷。

櫻　可是實在太胡鬧……

梅　靜靜的，似乎冬姊姊來到了。

（冬和風上。）

風　暫時之間，還看不見春的令妹罷？

冬　豈但暫時之間呢？如果我不願意，怕未必能來罷。

風　在春的令妹休息著的宮殿上，聽說姊姊用了魔術，不知道這可是眞的？

冬　這算什麼呢，比這事還有緊要得多的事情哩。雖然不知道在那里，却聽說有一朶桃色的雲。是眞是假，你去查一查罷。

風　桃色的雲——這雲的事，從春風那里倒曾經聽到過的。那一夥

（指着櫻等，）也常常談着這等事。聽說桃色的雲是始終跟着春天的，所以一定在那春的宮殿裏。

一切花　我們是什麼也沒有說，並不是這樣的呵。

櫻　默着罷。

凰　說謊麼？不饒的呢。

冬　如果說謊，要給喫一頓大苦的呵。

櫻　的確在春的宮殿裏。

一切花　姊姊！

蘿蔔　奸細！

櫻　默着罷。

冬　這當眞？倘說謊，不饒的呵。

櫻　何嘗說什麼謊呢，桃色的雲是確在春的宮殿裏……

大衆　姊姊，奸細！

冬　（向了風，）總之託你去將那雲仔細的查一回罷。因爲我想要將那雲作爲自己的朋友呢。

風　是是。

（冬和風俱去。下面的世界略略明亮。）

一切花　奸細。

桃　姊姊，洩露了春的祕密，不羞麽？

梅　這眞是怎麽一回事啊。

一切花　奸細！

櫻　（笑，）不要說獃話罷，春雨從那里下來的，可知道？桃色的雲不出外面，春雨是不下的啊，懂麽？

大衆　靜靜的。

（下面的世界逐漸明亮。聽得風的歌。）

紫地丁　我一聽到那聲音，就只害怕，只害怕，怕得擋不住了。

雛菊　我也是的。

勿忘草　我也是。

破雪草　這有什麼可怕呢。

櫻草　雖沒有什麼可怕，却敎人不高興呵。

紫雲英　我也不高興。

蒲公英　因爲是女流呀。

毛茛　我是不怕的，只是水仙不在，却覺得很冷靜。

紫地丁　（向了蒲公英，）即使是女流，要像你那樣，從冬這里逃走出來，可是並不爲難的。

蒲公英　說我逃走了？再說一遍罷！

棠花　阿阿，靜着罷，給聽到可就糟了。
毛莨　不要緊，誰也沒有來聽呢。
鬼燈檠　小子！
百合　像這模樣，永遠是戰戰兢兢的生活着，實在厭了。
一切花　自然是厭了的。
牡丹　春究竟想要睡到什麽時候呢？
玉蟬花　眞是的，本來到差不多的時候也就可以起來了。
車前草　然而說是春的宮殿上着了魔術，不是眞的麽？
蕨　眞倒也彷彿像眞的，但是那一夥說些什麽，是莫名其妙的。
玉蟬花　未必有這樣的事罷。
牡丹　自然是沒有的，那一夥東西總喜歡將世界看得黑暗。
破雪草　不要胡說。只有你們，却總是帶了桃紅的眼鏡看着世界的。

蒲公英　因爲是一班低能兒呵。

毛茛　因爲是胡塗蟲呵。

鬼燈檠　喂，小子。

牡丹　說胡塗蟲的，是誰呢？

破雪草　都說的。

玉蟬花　唉唉，下等的東西眞討厭。

栄花　靜靜的。

雛菊　如果自然母親醒來了，不知道要怎樣的給罵呢。

勿忘草　眞是的。

釣鐘草　的確，是的。

毛茛　不妨事，不起來的。

鬼燈檠　小子，還不靜靜的麼？

月下香　月亮眞敎人相思呀。
晝顏　月亮瘋子哩。
向日葵　有着很體面的太陽，却竟會有記掛月亮的獃子。
朝顏　眞是的。
晝顏　月亮瘋之流罷了。
燕子花　阿阿，靜靜的……
金線蛙　春還早麽？肚子餓了呵。
（於是唱歌。）

和好朋友在田圃裏，
看着靑天游泳是，
好不難忘呵。

喫一個很大的蟲兒是，
好不開心呵。

胡蜂　唉唉，好不討厭的歌。

蜜蜂　說是池塘的第一流詩人的歌哩。

（昆蟲們都笑。）

雨蛙　（冷清清的，）土撥鼠那里去了呢？

金線蛙　不要去愁土撥鼠罷。到這邊來，我憐惜你。

雨蛙　唉唉，不行。

金線蛙　怎麼，這有什麼不行呢？

一切蛙　靜靜的。

青蛙　蛇要來了。

黑蛇　蛇來了呵。

綠的蜥蜴　靜着罷。

別的蜥蜴　眞的，靜靜的罷。

金線蛙　本來還是靜靜的好。

胡蜂　自己一夥整天的鬧着，却來說人。

蜜蜂　討厭的東西呵。

蚊　將這些東西，我就想使勁的叮一叮。

金線蛙　誰呢，說要來叮我的是？

蚊　不是我呵。只不知道飛虻可說什麼。

虻　說謊。

蜜蜂　孱頭。

胡蜂　說謊的東西。

蛔　阿，靜靜的。
金色的蝶　我，就想跳舞一回呀。
銀色的蝶　爲什麼？
金色的蝶　雖然不知道爲什麼。
春蟬　春還沒有來，却道想要跳舞了。
金色的蝶　可是，不知道春要什麼時候纔來呢。
金線蛙　好，跳罷，我在這里看。
癩蝦蟆　有味的罷。
金線蛙　胡蝶的跳舞麼？
癩蝦蟆　坤角呵。
金色的蝶　唉唉，討厭的話。
春蟬　靜靜的豈不好呢。

螢　眞的，沒有伴奏就說要跳舞，眞是外行的話了。
銀色的蝶　外行？你以爲自己是內行？
螢　倘沒有月光和細流的聲音，我可是不跳舞的。
蝶的羣　唉，奇怪。
銀色的蝶　那一夥是不能和我們做談天的對手的。
夏蟬　究竟那蝶兒，不知道爲什麼只擺闊。
金色的蝶　因爲美好的聲音呵。
夏蟬　畜生。
春蟬　靜靜的豈不好呢。
螢　眞是畜生的忘八羔子了。
春蟬　要給母親叱罵的呵。
螢　可是太敎人生氣了。

寒蟬　然而知了的聲音，我却不敢領教。

蜻蜓　那些蝴蝶的舞蹈，我便是一生不看見，也儘够了。

夏蟬　發了那討厭的聲音的是誰呢，金鈴子麼？

金鈴子　連我的聲音和寒蟬的聲音也分不清，一定是那耳朵非常古怪的東西了。

蟋蟀　對了，那樣的東西，說是沒有耳朵的，也不算錯。

寒蟬　喂喂，老兄，你從什麼時候起，也批評起聲音來了？

蟋蟀　胡說。

聒聒兒　好不嚷嚷。什麼也不懂，却來作音樂的批評，豈不是對於藝術的罪惡麼？

螽斯　喂喂，聒兄，不提罷，就是不提音樂的話罷，唉唉，已經都認錯了。

聒聒兒　眞敎人生氣，音樂也不懂，却來批評。
螽斯　靜靜的罷，不是已經都在認錯麼。
蕨　諸君只是這麼吵鬧，不知道遭了魔術的春姊姊怎麼會得救？
破雪草　豈不是對不起春姊姊和梅姊姊們麼？
一切花　是呵。
櫻草　梅姊姊不知道正怎麼冷呢。
一切花　是罷。
紫雲英　然而儘熬下去，怕未必做得到的。
一切花　自然。
毛茛　水仙和七草兄們，也不知道怎樣的等着春的到來呢。
一切花　是呵。
雛菊　但是，須得怎麼辦，春姊姊纔會來到呢？

勿忘草　眞是的，怎麽辦纔好呢？
蒲公英　總得想點法纔好。
車前草　倘使春竟不來了，大家打算怎麽辦？
一切花　眞是的呵。
月下香　便是春不來，也並非值得吵嚷的事。
夏花們　自然。
向日葵　這在春黨也許是必要罷，但在我們，却卽使春天永不來，也並非擔心的事呢。只要有夏來，就好了。
夏花們　自然。
月下香　只要有夏來，就儘够了。
燕子花　阿，這也不能這麽說的呵。
玉蟬花　春便是來，倒也不妨事的。

牡丹鈴蘭百合　這自然。

聒聒兒　無論是春，無論是夏，便是永不來，都並非值得擔心的問題呵。我們等候的只是秋。

（略略作歌。）

相思的秋呀，快來罷，

大家等候着。

秋蟲們　自然自然。

螽斯　默著罷。

蠅　土撥鼠這小子說定過，去問開門的魔術的句子的，那究竟怎麼了呢？

金線蛙　將土撥鼠這小子當作正經的，只是胡塗蟲罷了。
虻　這小子，我早該使勁的叮他一下的。
雨蛙　默着罷。
金線蛙　哼，有什麼默着的必要呢。
大衆　阿阿，靜靜的。
雨蛙　我試來叫他罷。列位，請都靜靜的罷。
（都平靜。雨蛙唱歌。）

相思的我的朋友呀，
等候着什麼而不來的呢？
你不知道我的胸中的凄清麼？
你不見我的心的悲凉麼？

早早的來罷，我等候着。
我的人呀，我的相思的人呀。

金線蛙　聽了這樣的歌還會不來，那就奇怪了。
蛇的羣　眞有味兒。
花蛇　連肚底裏都震動了。
蜥蜴　默着罷。
春蟬　其實也並非了不得的聲音呢。
金色的蝶　雖然比春蟬好一點………
春蟬　畜生！
螢　眞是畜生呵。
金鈴子　從外行的聽來，這聲音却也許是好的呵。

螽斯　住口，低能兒。

（土撥鼠進來，和大衆招呼。）

土撥鼠　諸君，來遲了，對不起。

大衆　呵，土撥鼠來了，土撥鼠來了。

（雨蛙唱一句歌。）

我的人呀，相思的人呀。

土撥鼠　（和雨蛙格外招呼，）來遲了，實在對不起。

雨蛙　那里那里。

（又唱一句歌。）

你不知道我的胸中的凄清麼？

大衆　魔術的句子怎麼了，魔術的句子？

棠花　靜靜的。

土撥鼠　開門的魔術的句子已經知道了。

大衆　土撥鼠萬歲！！

棠花　靜靜的罷，如果母親起來，就糟了。

毛莨　不要緊，不起來的，睡得很熟呢。

鬼燈檠　喂，小子。

雨蛙　我那土撥鼠萬歲！

金線蛙　多嘴。

棠花　替大家查了煩難的事來，多謝多謝。

大衆　都感謝的，感謝的。

（土撥鼠對大衆應酬。）

雨蛙　我也很感謝呢。

（土撥鼠和雨蛙格外應酬。）

金線蛙　發蠢。

土撥鼠　爲大家還想做尤其煩難的事哩。但是去罷，先去試開那門罷。

雛菊　只是如果母親起來了，不知道要怎樣的給駡呢。

金線蛙　用言語來開門，沒有把握的。

雨蛙　有什麼沒有把握呢？

金線蛙　多嘴。

蠅　姑且去看看罷。

蜜蜂　有趣呵。
蟲們　自然有趣。
雛菊　有趣固然有趣，可不知道被母親怎樣叱罵呢。
破雪草　不去也可以的。
雛菊　然而也想去呢。
勿忘草　都去看看罷。
含羞草　我也去，但是惹着我是不行的呵。
毛莨　誰也不來惹你的。
黑蛇　那門裏面，也許有許多好喫的蝦蟆呢。
別的蛇　去瞧瞧罷。
金線蛙　這東西是危險的呵。
癩蝦蟆　不要緊，去罷，那邊有許多蟲哩。

（大衆靜靜的走。）

寒蟬　我雖然沒有見過春的樣子，就去看一眼罷。

金鈴子　都去罷。黃鶯和杜鵑和雲雀這些，在春姊姊那里，該是都跟着的罷。

秋蟲們　去罷，去罷。

菊　我是不去的。

珂斯摩　我也不動彈。

秋的七草　我們也不去。

白葦　太煩擾了。

芒茅　那是春黨的舉動呵。

達理亞　我隨後去望一望情形來罷，替你們。

胡枝子　費神。

秋花們　眞是的。

棠花　一面唱着使母親睡得安穩的歌，一面過去罷。

大衆　是呵。

（都唱着歌，向掛着紫幕的門進行。）

睡覺罷，睡覺罷，我的母親呀，
做着過去的夢和未來的夢，
靜靜的睡覺罷。

（都在門前停住。）

土撥鼠　（對了門，）爲愛而開。

大衆　（跟着說，）爲愛而開。

（門不動。）

大衆　不開呵。

金線蛙　那里會開呢。

雨蛙　一定會開的。

（都反覆着說，門依然不動。）

蛇　這小子在騙我們哩。

金線蛙　豈非笑話呢，說是用言語可以開門………

牡丹　不知道那一夥是否在那里騙我們？

玉蟬花　因爲是下等東西，所以也未必可靠的。

破雪草　默着罷，低能兒！

黑蛇　假如喫了那小子，不知道味道可好？

蜥蜴　默着罷。

虻　倘使終於開不開門，可要使勁的叮了。

蚊　我也叮。

蜜蜂　我也叮。

胡蜂　俺也叮。

蕨　行使魔術的時候，不是這樣胡亂吵鬧的。

車前草　精神統一最要緊呵。

大衆　靜靜的。

雨蛙　一定要開給你們看呢。

土撥鼠　爲愛而開。爲愛而開。爲愛而開。

大衆　爲愛而開。爲愛而開。爲愛而開。

（門靜靜的開。）

大衆　開了，開了。

雨蛙　看罷，我不說過會開的麼？

金線蛙　多嘴。

大衆　靜靜的。

（都向門裏面窺探。）

第三節

（裏面看見栗樹和楓樹。正是秋的黃昏。紅葉墜在各處。中央有收穫的稻屯，秋姊姊靜靜的睡在這上面。在那當頭的樹上，依稀的閃着紫色的燈籠。秋是頭戴葡萄的冠，插着柿和橘子的首飾，腰間繫着用梨子和蘋果之類所穿成的帶，右手拿斧，左手持鍬。衣服是質樸的。在遙遠的一角裏，看見灰色的雲。他睡看。秋風在一角裏冷清清的吹笛。

大衆暫時都凝視着這風景。）

茱花　那不是春姊姊呀。

達理亞（在後面說，）的確是秋姊姊呢。（向了秋花們，）列位，

赶快來罷。秋了，秋了。

（珂斯摩和秋的七草都跳着進去。）

金線蛙　說是秋了呢，糟透了。

癩蝦蟆　又得睡覺麼？我實在厭了。

一切蛙　自然厭了。

黑蛇　不要開玩笑罷，我是肚子已經餓得說不出怎麼樣了。

別的蛇　都是這樣呢。

金線蛙　我如果不喫了那蠅，怕要餓死了。

蝈　唉唉，不行。

大衆　靜靜的。

（聽得秋花的歌。）

冷的風呀，秋的風，

不要吹了罷。

寒蟬　（高興的走進裏面去，）已經到了秋天哩。

（別的昆蟲們也跟在那後面。

寒蟬跳舞著，而且唱歌。）

夏，夏，夏呀，等一等罷，

有話呢，好的話。

有歌呢，美的歌呵。

（金鈴子也唱歌。）

聒聒兒　一會兒就可以，等一等罷，拜託你。

蜻蜓　有跳舞呢，好的跳舞。

金色的蝶　說是有跳舞哩，眞笑話。

寒蟬　說是有歌哩，一定是無聊的歌罷了。

春蟲和夏蟲　是罷。

蝈　卽使秋來了，也並不是值得這麼嚷嚷的事呵。

大衆　眞是的。

蚊　倒應該悲傷。

黑蛇　豈但悲傷，簡直是生命的問題了。

花蛇　什麼也不喫，却又去睡覺，有這樣離奇事的麼？

蜥蜴　這話眞對。

雨蛙　阿，靜靜的。

土撥鼠　這不像春的宮殿哪。

紫地丁　然而也頗有趣呢。

別的花　眞是的。

雛菊　有趣固然有趣，可要給母親叱罵的呵。

勿忘草　那自然。

釣鐘草　是呀。

菜花　靜靜的。

（蜻蜓跳舞着，而且唱歌。）

來，早早的，早早的，早早的，

寒蟬呀，金鈴子呀，出去罷，

太陽下去夜來了。出去罷。

送着太陽游玩罷。

迎着夜晚跳舞罷。

（寒蟬，金鈴子加入跳舞。別的蟲也跳舞。）

向日葵　說是太陽下去了，眞笑話。太陽還沒有上來就下去，有這樣離奇事的麼？

晝顏　眞是的，這是怎的呢。

月下香　即使什麼太陽之類並不上來，倒也毫不擔心的。

夕顏　那自然。

月下香　既然夜晚到了，也許月亮就要出來的呢。到那邊去罷。

（於是加入秋花裏。）

蝈　我們也去跳舞也好。

金色的蝶　不邀我們去跳舞，好不懂規矩呵。

銀色的蝶　因爲是秋的一夥呀。

（蜻蜓跳舞着，而且唱歌。）

來，早早的，早早的，早早的，

螽斯呀，聒聒兒呀，

早早的，到這里來罷。

（螽斯和聒聒兒都加入，於是跳舞着，一同唱歌。）

來，早早的，早早的，早早的，

夏的蟲，秋的蟲，

早早的，到這里來罷。

夏過了，秋來了，

早出來，早早出來罷。

告別了夏游玩罷。

迎接着秋天跳舞罷。

（蝶，蠅，蟬等都加入。）

雛菊　說是秋來了，好怕呵。

毛莨　我不怕。

勿忘草　如果母親起來了，不知道要怎樣的給罵呢。

大衆　眞是的。

土撥鼠　秋姊姊動彈了。

一切花　唉唉，這可糟了。

牡丹　秋的雲動着呢。

玉蟬花　唉唉，好怕。灰色的雲動着呵。

破雪草　靜靜的。

（秋花們唱歌。）

灰色的雲呀，秋的雲，
不要動彈罷，爲了花。

蛇　肯聽你呢。
綠蜥蝪　對咧，全不像肯聽似的。
跳舞的蟲們（擾攘着，）唉唉，可怕，糟了。
（將下細雨模樣。
昆蟲們唱歌。）

冷的雨呀，秋的雨，
不要下來罷，爲了蟲。

花們　爲了花。
蜻蜓　爲蜻蜓。
金線蛙　眞笑話。
癩蝦蟆　好不胡塗，說是爲了蟲哩。
春蟬　一夥不要臉的東西呵，說是爲蜻蜓呢。
土撥鼠　秋姊姊又動彈了。
（秋略略起來，夢話似的說。）
我的雲呀，灰色的雲，到那里去了？
我的風呀，凄涼的風呀，吹笛子罷。
（風大發。雲次第擴張。細雨靜靜的下。）

蟲們　唉唉，冷呵冷呵。（紛亂的逃走。）

花們　唉唉，怕呵怕呵。（逃走。）

桒花　阿，靜靜的。

勿忘草　如果母親醒來了，不知道要怎樣的給罵呢。

含羞草　惹着我是不行的呵。

（都逃入前邊的場面裏。）

土撥鼠　不妨事，這里是不來的。

金線蛙　那倒是……

黑蛇　未必就不來呢。

大衆　是呵。（發着抖。）

雨蛙　不來的，一定不來的。

金線蛙　多嘴。

夏蟬　唉唉，好冷，好冷。

大衆　眞的是。

土撥鼠　已沒有再遲疑的時候哩。這回試去開這一重門罷。

櫻草　唱一點歌，給母親不要醒來罷。

大衆　唱罷：

忘了罷，忘了罷，自然母親呀，

忘了現在罷。

看着戀戀的往昔和相思的未來，

忘了罷，

單將今日忘了罷。

（都向掛著綠幕的門進行。）

含羞草　來惹着我是不行的呵。

毛莨　誰也不來惹你的。

鬼燈檠　小子們，靜靜的。

土撥鼠　（向了門，）爲愛而開。

大衆　爲愛而開。

（門不動。）

黑蛇　不成不成。

金線蛙　這回可是開不開了。

雨蛙　一定會開的。

蕨　靜些，行使魔術的時候，不是這樣胡亂吵鬧的。

車前草　精神統一最要緊呵。

土撥鼠　爲愛而開。爲愛而開。

大衆　爲愛而開。爲愛而開。

（門靜靜的開。）

蜥蜴　這回是兩遍便開了。

雨蛙　我不說過會開的麽？

金線蛙　多嘴。

大衆　靜靜的……………

第四節

（秋的場面仍然開着，昏暗，依稀的看得見。

在這回開了的門裏面的場面上，現出盛夏的白晝的景色來。石被日光所炙，發着光閃。美的碧綠的果樹園的蘋果樹間，繫著繩牀，其中靜靜的躺著第三王女的夏。伊身穿遊水衣，右手拿扇，左腕抱著浮囊。頭髮用手帕包着，那旁邊放一頂游水帽。近旁有美麗的大理石的噴泉，泉水發出清涼的聲音向下墜。水裏是金魚一口一口的吹起泡來。開著的荷花旁，有鶴拳了一足站着，將頭插在翅子下面睡覺。在後面，夏雲縮作漆黑的一團，蹲在龍背上，也睡覺。夏王女的身邊站著風。風也睡着，但時時彷彿記起了似的，用扇子來扇夏王女。不知道從那里，聽得渴睡似的牧童的角笛。在果園裏，和果子一同掛着金銀的鈴子，每逢風動，便發出幽靜調和的聲音。

站在門外面的花卉和昆蟲們，都暫時凝視着這景色。）

黑蛇　不是夏麼？

別的蛇　彷彿是的。

黑蛇　快去罷。（進內，躺在石上，）好溫暖。

（蜥蜴的羣大高興，跑著唱歌。）

相思的我的夏呀，永是這麼着，

不要過去，留在這里罷。

黑蛇　好不渴睡呵。

夏蟬　唉唉，幸而也醒來了。原來都是夢。唉唉，真是討厭的夢。秋夢呢還是冬夢呢？唉唉，好不無聊的夢呵。（飛到蘋果樹上去。）

夏蟲們　夏來了，夏來了。遊玩罷。（進內，跳舞。）

虻　不知道有沒有可叮的東西……

黑蛇　唉唉，真會嚷。

花蛇　本可以馴良的睡着……

別的蛇　是呀。

夏花們　阿阿，高興呵高興呵。（也進內。）

向日葵　雖然像做夢，但確乎有太陽呢，那邊。（於是將自己的臉向了太陽，走着，但那臉却總和太陽正相對。）

晝顏　確乎有的，阿阿，高興呵。

月下香　倘到了夜，也許可以高興，但現在却只是想要睡覺罷了。

夕顏　我也這樣呢。

金線蛙　唉唉，好熱，好熱。當不住了。

癩蝦蟆　那邊去罷，有水呢。（向泉水奔去。）

金線蛙　一，二，三！（都跳進泉水裏。）

癩蝦蟆　凉水的愉快，知道的有幾個呵。（沒到水裏面。）

（夏花們唱歌。）

相思的風，夏的風，

便是微微的，也吹一下罷。

（風略搖扇子。鈴子作聲。聽到渴睡似的牧童的角笛。）

雨蛙　我雖然熱得受不住了，却也不想到那邊去呢，如果單是我。

（向著土撥鼠看。）

破雪草　我似乎要枯了。

栄花　我也是的。

櫻草　哦哦，都這樣。

紫雲英　唉唉，好不難受呵。

勿忘草　還是早點回去罷，不知道要被母親怎樣的叱罵呢。
雛菊　眞是的。
釣鐘草　這自然。
牡丹　我雖然不像要枯，却是不舒服。
玉蟬花　我也是。
土撥鼠　我的頭異樣了，在我是什麼都看不見。
雨蛙　這是怎的呢，定一定神罷。靠在我這里就是，定了神。
黑蛇　（渴睡的，）應該像蛇似的聰明，纔好。
土撥鼠　我不行了，就要跌倒了。
雨蛙　定一定神罷，定著神。
春花們　這究竟怎麼的？
蚊　略叮一下子試試罷？

春蟬　不要胡說。

春花們　這究竟怎麽的？

春蟬　夏姊姊動彈哩，唉唉，這不得了了。

（夏王女略略起來，夢話似的說。）

風呀風，睡着覺是不行的。

雲呀雲，躲起來是不行的。

（風大發。鈴子作聲。雲浮動。龍也醒了。電閃。雷聲。蟬，蛙，蛇等都嚷着逃走。晚間的暴雨下來了。大衆逃出門外。）

大衆　唉唉，不得了，不得了。

含羞草　惹着我是不行的呵。

毛莨　有什麽要緊呢。

（可怕的雷聲，電光。）

黑蛇　（向着土撥鼠，）喂，趕快關門罷。喂，喂。

金線蛙　還迂什麽呢。

雨蛙　說是不舒服呢，說是頭痛呢。

癩蝦蟆　說是不舒服？不要嬌氣罷。

黑蛇　快關門罷，快關門，喂。

虻　使勁的叮一下，也許會見效的。

蜜蜂　我也叮一口試試看。

胡蜂　俺也叮。

（雷的大聲。大衆都狼狽。）

蛇和蛙　（向着土撥鼠，）喂，關上門，喂，快點。

雨蛙　靜靜的。

土撥鼠　我不知道關門的句子。

金線蛙　好一個不自量的小子呵，開了門，却還說不知道關起來的方法哩。

大衆　眞是的呵。

黑蛇　所以說，應該像蛇似的聰明纔好。

雨蛙　便是聰明到你似的，却反而是損呵。

黑蛇　吞掉你。

（冬跳舞着，進了上面的世界。聽到冬的歌。）

阿阿，高興呵，高興呵，

不安本分的草花們，討人厭的蟲豸們，

惡作劇的樹木這些畜生們，都睡覺的呵。

被魔術的力睡下了的

春是不再起來了。

永是這麼着，永是這麼着……

（冬於是跳舞。北風，西北風也跳舞着進來。風吹雪也出現。極大的雪下起來了。

夏的塲面上還有雷聲。花卉們擠作一團，發着抖。）

大衆　唉唉，怕呵，怕呵。

勿忘草　去叫起母親來，不知道怎樣？

雛菊　也許要挨駡的，然而還是那麼好罷。

土撥鼠　如果那麼辦，一切可就全壞了。

（冬和風唱歌。）

不安本分的草花呀，
睡覺的呵，永是這麽着。
單將做夢滿足着罷，永是這麽着。
被魔術的力睡下了的
春是不再起來了。
永是這麽著，永是這麽著。

破雪草　胡說，誰睡呢。

蝙蝠　鬧了這樣的大亂子，還說什麽「睡覺的呵」這些話，太沒道理了。

棻花　靜靜的，給聽到可就糟了。
雛菊　冬姊姊倘到這里來，就糟了。
大衆　唉唉，好怕。
毛莨　雖然並不怕，然而也還是不來的好。
土撥鼠　已經沒有再遲疑的時候了。來，試開這最後的門罷。
大衆　唉唉，可怕，可怕。
雨蛙　不要緊的。
土撥鼠　要留神！
（冬和風在上面唱歌。）
　人類的兒也睡覺的呵。
醒得太早的東西是

就要喫一個大苦的，
單將做夢滿足著罷。

（大衆走近掛著桃色的幕的門。）

土撥鼠　爲愛而開。

大衆　爲愛而開。

（門靜靜的開了大半，然而沒有全開。）

蜥蜴　這回是一遍便開開了。

第五節

（現在所開的門裏面，是春的場面。

春的塲面上，月光像瀑布一般靜靜的流下。在裏面見有一個美麗的池。那池旁邊，有薔薇，風信子，和別的外國的花卉；樹木的茂密，蓊鬱的圍繞池的着周圍。許多小流發出美的調和的聲音，經過林中，向池這一面流去。池中央浮著一個心形的花的島，島上的花中間站着第四王女的春。伊還是年青的少女，花的冠戴在頭上。

春的衣服是將虹的七色樣樣的混合起來做就的。做枕衾的也是花卉。枕邊有雲雀和燕子站著睡覺。春的身旁立着桃色的雲。那是一個强有力似的美少年；那衣服，無論什麼地方，總使人聯想到醫學校的學生去。

離客座較遠的岸上，立着春風，躲在薔薇的影子裏。他時時用了大團扇，使浮泛的島像搖籃一般動搖。那旁邊立着竪琴；風常使這靜靜的發響。池中有許多白鵠的羣。那鵠羣派一隻在岸上做斥候，別的或則在池水中照着自己的姿態化粧，或則想捉那映在水中的月影而沒入水裏去。不知從那里，傳來了水車的聲音。
秋的場面上，秋風正在吹笛，細雨不住的灑在黯淡中。也時時落下通紅的楓葉。
又在夏的場面上，則晚間的暴雨已經過去了，又看見先前一樣的明亮的白晝的景色。渴睡似的牧童的角笛聲，和清凉的泉水聲以及流水的低語，伴奏起來了。
立在門外的花卉們，都暫時靜靜的凝視着春的場面。）
鵠甲　不行不行，很不容易捉。
鵠乙　這回我來試試罷。
鵠丙　也不行罷。
鵠甲　一齊來試試看。

大的鵠　靜靜的，聽那黃鶯的歌罷。

紫地丁　阿阿，眞美。

牡丹　可懷。

玉蟬花　可念。

茱花　靜靜的游玩罷。（進內，成了列跳舞着。）

夏花　我到那邊去罷，晚雨似乎已經下過了。

別的夏花們　我們也去。

（都回到夏的塲面去。只有月下香却加入春花中間游戲。）

秋花們　秋眞教人相思呵。

珂斯摩　去看看來罷。

白葦　靜靜的。

（都回到秋的塲面去。雨止，紫色的燈籠在黃昏中微微發亮。秋花隨意的散開。）
秋蟲之一　我也去呢。
寒蟬　我看這里。
別的秋蟲　我也進去了。
土撥鼠　靜靜的。
（黃鶯唱歌。）

我的胸呵，滿了愛而淒凉了。
我的心呵，爲情熱所燒而苦痛了。
這情熱以及這愛，
是爲誰而燃燒的？
唉唉，美的愛之歌，

是爲誰而顫動的？

黑蛇　不知道可是爲我？

蜥蜴　不要妄談罷。

黑蛇　然而像我這樣喜歡音樂的，可是再也沒有的呢。

花蛇　便是我，也以爲鶯的音樂者却很好。

蜥蜴　阿，靜靜的………

（黃鶯唱歌。）

這胸呵，爲了星而燃燒的麼？

美的愛之歌，爲了桃色的雲而響亮的麼？

並不然！

春，春呵，年少的春，
我的胸是爲你而燃燒的，
我的歌是爲你而響亮的。
只是爲你而響亮的，
唉唉，我的春。

桃色的雲　爲了春，是沒有唱什麽這樣的歌的必要的。
風　靜着罷，倒也還可以不至於發怒呢。因爲那不過是詩人唱著歌，給自己散散悶的。
桃色的雲　是詩人固然不妨事，…………却又在看着上面數星兒…………
寒蟬　唔，不壞。然而要算作世界的音樂家，却覺得似乎還有點不足的處所……

金鈴子　這自然。但因爲是春的詩人呵，無論怎樣有名，總未必能够比得上秋的詩人的。

土撥鼠　靜靜的………

鵠甲　我藏到那樹裏去，你們尋一尋看。（沒入映在水中的樹影裏。）

鵠乙　這是極容易的事，（也沒入，和甲同時昂頭，）不行，不行。

老鵠　靜靜的。

（聽得風的豎琴的聲音。與這相和，白鵠們唱歌。）

雄鵠　沒有夢而過活的兒，
　　這世上是沒有的。

雌鵠　活在沒有愛的世上，

那是苦痛的呀。

雄鴿　沒有夢的夜，是冷的，是淒凉的。

雌鴿　沒有朋友的夜，也苦痛，而且悲凉的呀。

雄鴿　夢要消了……就在這夜裏，

我的魂也消了罷。

雌鴿　朋友的心變了的那一日，

我的魂呀，離開了世間罷。

（白鴿的羣靜靜的唱着歌，游泳着。）

寒蟬　雖然是新的形式……

聒聒兒　是印象派呵。

金鈴子　說是未來派，也可以的。

蟋蟀　我總以爲還是古典的音樂好。
別的蟲們　這自然。
黑蛇　那一夥，我們呑不下罷。
青蛇　那里那里。無論如何……
花蛇　倘若單是腦袋，却也許呑得的。
蜥蜴　又是喫的話麼？
蛙　有味，有味。
蟬　也還好。
土撥鼠　趕快去叫起春姊姊來罷。
雨蛙　桃色的雲和春風都睡着呢，怎麼……
黑蛇　不忙也好，也許又要下雨的。
蜥蜴　說不定也要動雷的。

（聽得牧童的角笛，渴睡似的。）

金線蛙　我們也玩玩罷。

大衆　阿阿，高興呵，高興呵。

（蛙的羣開始跳馬的遊戲。）

金線蛙　我們也唱歌罷。

黑蛇　省事些罷。聽了你們的歌，只使人肚子餓。

別的蛇　是的呵。

蜥蜴　歌還是任憑他唱，那是春的第一流詩人呢。

（金線蛙獨唱。）

星兒熠耀呀，那夜裏，
和要好的朋友一同玩，

眞是高興哪。
（合奏。）
休息了，尤其高興呵。
（獨唱。）
嗅着肥料的氣味，那時候，
被要好的朋友抱着而唱歌，
好不難捨哪。
（合奏。）
不唱歌，尤其難捨呵。
（獨唱。）
太陽晃耀的一日，白天裏，
住在涼快的泥中，

被朋友抱着而談心，
詩的呵。
（合奏。）
不開口，尤其詩的哩。

蛇的羣　唉唉，不堪，不堪。（亂追蛙的羣。）
蛙的羣　救命，救命！（逃入池塘裏。）
（斥候的白鴿遞一個暗號。雄鴿飛上岸來，向了蛇，武士似的挺直的站着。）
蛇　唉唉唉。（靜靜回到原地方。）
黑蛇　蛇似的聰明罷！
雨蛙　而且鴿子似的溫順……

黑蛇　再多說，便喫掉你。
土撥鼠　靜靜的。
（雄鵠仍然回到池裏。）
鵠甲　並沒有什麽危險的事。
（鵠的羣又靜靜的游泳。
蛙的羣又跳上池邊，聚作一堆。）
蛙甲　這回賞月罷。
寒蟬　雖說是春的第一流詩人，也不見很可佩服呵。
金鈴子　這自然，下等的。
蟋蟀　和秋的詩人不能比。
聒聒兒　那歌的催促蛇的食慾，也並不是沒來由的。
蛇的羣　自然不是沒來由的。

夏蟬　如果春的詩人們的歌要催促食慾，那麼，秋的詩人們的歌便最合于睡覺了。

聒聒兒　只有你的歌，是催人嘔吐的呢。

夏蟬　無禮的小子們！

秋蟲們　這在說誰？

土撥鼠　靜靜的。

（風撥動了竪琴。螢的羣飛到中間，排成輪形跳舞着。聽到螢的歌。）

相思的朋友們呵，
等候着什麽而不來的呢？
太陽下去，月亮出來了，

等候着什麼而不來的呢？
沒有看見戀之光麼，
沒有懂得胸的凄凉麼？
快來罷，等候着，
朋友們呵，相思的朋友們呵。

（暫時跳舞之後，又唱歌。）

我的人呵，我的相思的人呵，
以不來，何等着什麼呢？
幽靜的夜，什麼歌不能唱；
眷戀的夜，什麼話不能說；

在這夜裏，什麼夢不能做呢？
相思的這夜，正在等候你；
草花用了金剛石的淚珠，
都在哭送你。
何以不來，等著什麼呢？
沒有看見戀之光麼，
沒有懂得戀的淒涼麼？
快來罷，等候著，
我的人呵，相思的我的人呵。

蛙和蟲　（大吽，）傑作呀。傑作呀！（於是喝采。）
土撥鼠　靜靜的。

雨蛙　桃色的雲動彈了。
蛇的羣　又要下雨哩。
蜥蜴　說不定也要動雷的。
蟲們　唉唉，好冷。
花們　唉唉，可怕。
（蟲和花都凝覶着桃色的雲，准備逃走。）
金線蛙　誠然，豈不是爲歌所動的麼？
大衆　靜靜的。
桃色的雲　（唱歌，而且說，）以爲倘是雲，沒有風便不動，那是大錯的。願爲愛和戀所動，走遍了全世界。
黑蛇　說要走遍全世界哩，好一個頑鈍的東西。這等事，全世界不知道要以爲怎麼麻煩呢。

蛇的羣　那自然。
蜥蜴的羣　從那樣的東西的手裏，很不容易逃得脫。
雨蛙　靜靜的，風動彈了。
金線蛙　唔，誠然，那也像爲歌所動似的。
（風彈着豎琴，而且唱歌。）

春風是容易變的，
春風是容易動的，
所以不知道愛，也不知道戀：
我被人這樣說，好不凄凉呵。
因爲要愛，所以易變的，
因爲慕朋友，所以易動的，

唉唉……

黑蛇　那一夥兒似乎在那里對誰認錯呢。

蜥蜴　可不是想騙誰罷？

雨蛙　便是美的雲，我也不相信。

蟲們　那是誰也不信的。

紫地丁　春風即使怎樣的講好話，我們都不信。

花們　自然不信。

金線蛙　哼，這是疑問了。

女的花們　什麼是疑問？

土撥鼠　靜靜的，靜靜的。

黑蛇　總之，倘不像蛇似的聰明，是不行的。

雌鵠甲　在池裏面看起我們的形相來，似乎很不少呢。

同乙　有多少呢？

甲　我數一數罷。

（白鵠們游泳着點數。）

甲　不行。

丙　大家都在動，數不清的。

土撥鼠　（看着雲和風，說，）總而言之，這些小子們如果不睡下，我們無論如何，總未必能够叫起春來的罷。

蛙的羣　不起來也好，還是來賞月罷。

蛇的羣　春如果起來，一定要下雨。

蜥蜴的羣　說不定也要動雷的。

勿忘草　而且不知道要被母親怎樣叱罵呢。

土撥鼠　說這些話，都不中用的。上面的世界怎樣的受着冬的窘，你們難道忘却了麼？叫起春來，並非爲自己，是爲了凍着的上面的世界。

花們　這固然如此……

蠅　下雨可是討厭呵。

蟲們　對了。

蜥蜴　雷也很可怕。

雨蛙　默着罷。

金線蛙　說是並非爲自己哩。

菜花　那麼，唱點歌，敎桃色的雲和春風睡去罷：

睡覺睡覺罷，桃色的雲，

靜靜的睡覺罷。
做着桃色的夢，春的夢，睡覺罷，
靜靜的睡覺罷。

金線蛙　很不像要睡覺呢。
雨蛙　唉唉，不要性急罷。那並不是你似的渴睡漢。
別的蟲　可惜！
金線蛙　胡說。
（菜花們又唱歌。）
睡覺睡覺罷，春的風，
靜靜的睡覺罷。

做着溫柔的夢，豎琴的夢，睡覺罷，
靜靜的睡覺罷。

白鴿　休息罷。
（都藏在池畔的楊柳的影子裏，只留下一隻做斥候，後來連這也睡去了。渴睡似的牧童的角笛，秋風的笛，鈴子和流水聲，都和泉聲成了伴奏。）
土撥鼠　似乎已經睡著了。
（大衆靜靜的走近池畔。花卉們低聲作歌。）
春呀春呀，美麗的，
起來罷，爲了花。

（都暫時等候着。）

金線蛙　那里會爲了你們這些東西起來呢。

蟲們　讓我們來叫罷：

春呀春呀，相思的，

起來罷，爲了蟲。

花們　不要鬧笑話罷，爲了你們這些東西是不見得起來的。

蟬　爲了蟬！

大衆　不行。

蛇　爲了蛇！

大衆　不行的。

蛙　爲蝦蟆！

大衆　也不行。

蠅　爲蒼蠅！

大衆　更不行了。

蜥蜴　爲蜥蜴！

大衆　唉唉，不要胡纏下去了罷。

雨蛙　究竟要怎麽着，春纔起來呢？

大衆　眞的呵，要怎麽着纔起來呢？

勿忘草　春姊姊遭魔術的力睡了覺，已經不再起來的事，你們竟都忘記了。然而只有勿忘草是不忘掉的。

大衆　的確是的。

雛菊　這怎麽好呢，好不煩膩呵。
大衆　眞是的。
土撥鼠　我再來叫一回罷。
金線蛙　算了罷，已經儘够了，不起來的。
雨蛙　起來的。一定起來的。叫去罷。
金線蛙　多嘴。

（土撥鼠唱歌。）

春呀春，眷戀的春呀，
起來罷，爲了桃色的雲！

（春微微開眼，於是頭略動，於是夢話似的唱歌。）

我的雲呀，所愛的雲呀，
不要離開我，不要忘掉我，
永是這麼着，永是這麼着。

（春又睡去。春起來時，通到上面的門略開。上面世界的櫻樹將積雪從枝上擺落，開起花來。同時，在上面和下面的世界，都聽得「高興呵，高興呵，春起來了，春起來了」這一種聲音。
花卉和昆蟲們都向門跑去。
白鴿的斥候遞一暗號，白鴿們都飛出。睡在枕邊的雲雀和燕子之類，也起來飛去了。
在上面的世界裏，春的七草唱歌。）

喂，快快的，喂，快快的，朋友們，起來呀。
春是起來了，
蟲兒呵，小鳥兒呵，起來呀。
春是起來了，
說是外面冷，誑罷了，風的誑罷了。
春是起來了，
快快出去迎春罷，朋友們呵。

大衆　去哩，去哩。（都跑去。）

含羞草　惹着我是不行的呵，不行的呵。

第六節

自然母　（極慌張的跳起身，）孩子們，孩子們，這怎的？靜下來，
不要鬧罷。（於是揮動魔術的杖，大衆混雜着停住。）
含羞草　惹着我是不行的呵，不行的呵。
破雪草　但是，母親，春已經來了的。
母　唉唉，這糟了，誰開了門呢？
（聽得上面的世界裏的歌。）
說是外面的世界冷，誑罷了，
風的誑罷了。

母　（揮着杖，）住口，住口。

（上面世界的歌忽而停止了。）

母　都靜靜的，還太早呢。誰開了門，誰叫春起來的？

蛇的羣　却並不是我們……

蛙的羣　也不是我們。

母　（見了土撥鼠，）這是你的淘氣罷。

土撥鼠　母親，這不是淘氣。這並非爲自已，是爲那受了冬的凌虐而凍着的上面的世界，叫起春來的。

破雪草　上面的諸位哥哥正不知道多少冷哩。

雨蛙　這並不是土撥鼠的淘氣，我們也都託付他的。

金線蛙　你還是不去辯護好罷。

雨蛙　你默着罷，乏小子。

金線蛙　什麼？再說一遍看！

母　靜靜的。

土撥鼠　母親，冬是已經儘够了。又冷又暗的冬是已經儘够了，母親。

大衆　已經儘够了，眞是已經儘够了。

土撥鼠　要太陽，要溫暖光明的太陽，母親！

大衆　母親，要太陽，要溫暖光明的太陽。

母　靜靜的罷。（對着土撥鼠，）你自己不知道你是不能活在太陽所照的世界上的麼，還是明知道，却偏要到那里去呢？

土撥鼠　母親，即使不能活，死總該能的罷。

雨蛙　母親！

母　靜靜的，統統，再睡一會罷。

（自然母向池這一面去，大衆都跟着。自然母歇在池邊，大衆都進了懷中或跳到膝上。白鴿的羣也只留下一個斥候，別的都聚在自然母的身邊。）

（獨自說，）我本以爲一切規則都定得很正當的了，不知道爲什麽，一切都不如意。

（春的王女睡着的島漂到岸邊。自然母唱歌。）

睡覺罷，睡覺罷，我的春呀，
我的寶貝，我的心，靜靜的睡覺罷。
花呀，不要談罷，將那美的話；
蟲呀，不要私語罷，將朋友的夢想；
鳥呀，不要唱罷，戀的歌；

春是睡着做夢呢——桃色的雲的夢。

（一面看着雲，）

雲呀雲，春的雲，

桃色的雲，不要離開了我的春罷。

大衆　不要離開了我的春罷。

母　友呀友，春的友，

桃色的友，永是這麽着，

無論怎麽著，不要離開了我的春罷。

大衆　永是這麽著，無論怎麽著，不要離開了我的春罷。

（牧童的角笛，秋風，合子調和的鈴聲，細流的幽靜的私語，全都睡著了。說不定從那里，聽得水車的聲音。

冬非常急遽的進了上面的世界。風跟在那後面。）

冬　說是春起來了，不會有這等事的。

風　可是春的花卉們都這麼說。

冬　不安分的東西，畜生。（看了櫻，）這是怎的，早說過教睡著。

要給噢一通大苦哩。（抖動氅衣，下雪。）

櫻　冬姊姊，原諒我罷。

冬　不要胡說。

春的七草　母親，母親！

冬　放心，母親不會到這里來的，住口。（開了門，走進下面的世界去，噢驚，）花們都怎麼了呢！（叫喊著四顧，）門都開了，有誰知道了魔術的句子了。（看見自然母，）原來，一切都是土撥鼠的淘氣做的。這樣的東西，給噢一通大苦罷。（靜靜的走近春的處所，）哈哈，桃色的雲在這里，我正在這樣搜尋著的那桃色的雲。現在倘不將這帶了去，怕未必再有這樣好機會了。（靜靜的走到島上，停在雲的面前，）是美的人兒呵。（在那額上接吻。）

桃色的雲　（睜開眼，）春兒！

冬　我呢。

雲　冬姊麼？

冬　是的，跟了我去罷。

雲　（比較的看著冬和春，）去罷。

冬　那麼，去罷。（起身走去。雲看著春，還躊躇，）不必擔心的。走罷，要愛憐你呢。

雲　眞的，不騙我麼？

（冬笑著走。雲跟在那後面。

二人出門走去。春雨如絲的下。這瞬間，春忽然醒來。）

春　我的雲，我的桃色的雲，我的要緊的雲怎麼了？（於是跳起。）

第七節

（春的門大開。春的昆蟲和花卉們都向門跑去。從上面的世界裏，聽得「朋友們，起來呀，春是起來了」的歌聲。）

大衆　阿阿，高興呵，高興呵，春是起來了，春是起來了。

春　（發狂似的奔走，）母親，我的雲，我的桃色的雲！

自然母　（睜開眼，）怎麼了，又是孩子們的淘氣？

春　母親，我的桃色的雲不見了。誰偷了我的雲去了。不知道可是夏姊姊。（跑向夏這里，）姊姊，姊姊，將我的雲怎麼了？

夏　（驚起，）唉唉，嚇了一跳。你的雲，我不知道呢。若是我的雲，那倒是在這里的罷。

（夏的雲微動，雷電俱作。夏的昆蟲和花卉們都向門跑去。）

大衆　阿阿，高興呵，高興呵，夏是起來了，夏是起來了。

春　不知道可是秋姊姊帶去的？

夏　不知道呵，快問去罷。

（都向秋這里跑去。

自然母什麼都不知道，出驚的看着花卉和昆蟲們的擾攘。雷鳴。）

春　姊姊，姊姊，還我罷。

秋　（喫驚，跳起身，）什麼呀，還你什麼？

春　還了我那桃色的雲……

秋　（錯愕，）還了桃色的雲？

夏　春兒的桃色的雲不見了。有誰拐去了似的。姊姊可看見？

秋　沒有呢。我這里，只有灰色的雲在手頭罷了。

（秋的昆蟲花卉們都和秋同時起來，向着門走去。）

大衆　阿阿，高興呵，高興呵，秋是起來了，秋是起來了。

夏　究竟桃色的雲怎了呢？

秋　不知道可是冬姊姊帶去了不是？

春　是罷，是罷，一定是冬姊姊了。

夏　那一位姊姊總是惡作劇，好不苦惱人。

自然母　（向了秋這面走，而且說，）你，你怎麼了？（看着昆蟲和花卉們，）那里去，到那里去？

蟲和花　春起來了，夏起來了，秋起來了！

母　阿呀，都發狂了。我的杖呢，誰拿去了？（向着秋和夏，）你們怎麼了呢？都睡罷！不是還沒有到你們起來的時候麼？快快的，趕快睡。（向着花和蟲，）站住，不要跑！

（自然母的話，誰也不理，仍然大鬧。）

春　母親，我的雲，我的桃色的雲。（哭。）

秋和夏　冬姊姊偷了春兒的雲哩。

母　阿呀，不得了，睡下，睡下！我的杖，我的杖呢？（向了蟲，）停一停，停一停，說是不要跑呵！

（誰也不理。雷鳴。秋的雲也動彈起來，擾亂逐漸擴大。）

蟲和花　春起來了，夏起來了，秋起來了！

（都向門擁擠着。在上面的世界裏，聽得歌聲。）

母　唉唉，頭裏很異樣了。（向了門，）爲了愛，門關上罷。

（秋和夏的場面之前的幕同時垂下。花和蟲都停住。）

燕子花　怎的？

向日葵　夏怎麼了？

夏蟬　正以爲夏是來了的呢。

秋蟲們　的確見過秋天了的。

夏花們　不知道可是夢。

大衆　是怎樣一個奇怪的夢呵。

達理亞　那一夥春的畜生儘鬧，所以鬧成這樣的罷。

春蟲們　（也停在門前，）我們也還早呢。

蠅　雖然並沒有什麼早，然而下着雨哩。

（蛇和蜥蜴也渾身溼淋淋的從上面的世界回來。）

蛇　唉唉，好冷好冷。

蜥蜴　眞喫了老大的苦了。
蟲們　等一會罷。
黑蛇　不像蛇似的聰明，是不行的。
蜥蜴　然而不像蛇似的淋得稀溼，也不壞呵。
蛇　不要緊，就會乾的。
玉蟬花　我們也彷彿還早呢。
牡丹　那自然。
鈴蘭百合　我們也等一會罷。

第八節

（上面的世界裏，春的花卉們成排的跳舞着，蛙和土撥鼠也在那里奔走，而且唱歌。）

春雨呀，春雨呀，相思的春雨呀。

（花的合唱。）

被春雨催起了，誰的根不歡喜，

誰的花不快樂呢？

春的根是相思的；

春的花是美的。

（蛙的合唱。）

被春雨催起了，誰的胸不低昂，

誰將歌不歌唱呢？

愛之波，相思的愛之波；

戀的歌，美的戀的歌——聽着春的雨。
（大衆的合唱。）
被春雨催起了，誰沒有朋友呢？
朋友的顏，又有誰不看呢？
春的友，相思的春的友，
友的顏，美的友的顏——春雨下來的時候。

櫻　靜靜的，靜靜的，冬來哩。
（冬進來，於是轉北，向了男爵的府邸這面走。）
冬　唉唉，好大的雨，好大的雨呵。
桃色的雲　（跟在那後面，）那却是我的雨呢，實在對不起。
冬　快點，快點。（跑去。）

（花卉們唱歌。）

雲呀雲，春的雲，

桃色的雲，不要離開了我的春罷。

（雲略停，躊躇着。）

冬　畜生，住口！這已經不是春的雲了，是我的雲了，是我的雲了。

好，走罷。

（雲躊躇着。冬堅決的走去。）

冬　隨意罷，不去也可以的。

雲　去的去的。

（冬和雲俱去。春子只穿一件寢衣，然而赤着脚，從屋裏迸跳出

來，頭髮蓬鬆的散亂着，逕奔二人走去的方向。春子的母親，夏子

秋子，都喫驚的在後面赶。）

春子　還我，還我。冬姊，還我罷。

母　（赶上春子，從背後拖住，）春兒，孩子呵，怎麼了？到那里去呢？

春子　（想逃出母親的手中，掙扎着，）放手罷，母親，放手。那男爵的女兒冬兒，將我那桃色的雲拏走了。放手罷。

母　春兒，孩子呵，這是昏話罷，那里有什麼桃色的雲呢。

（夏子和秋子也赶到，幇着春子的母親，不使春子掙出。）

秋子　並沒有什麼桃色的雲的呵。

夏子　這都是發熱的昏話罷了。

春子　不的，不的。的確，那男爵的女兒偸了我那要緊的雲去了。

夏子　唉唉，好不嚇人的昏話。

秋子　（低聲，）伯母，那事情春姑娘什麼都知道？

母　（也用了低聲，）本該還沒有知道的。

秋子　總之，還是去請醫生來罷？

母　哦哦，就這麼罷。

秋子　這就請去。（跑去。）

夏子　給金兒打一個電報，不行？

母　唔，那麼，就這麼罷。

夏子　這就打去。（跑去。）

（母親像抱小孩似的抱了春子，走進家裏去。）

春子　我的雲，我的桃色的雲！（哭。）

第三幕

第一節

（場面同前。櫻，桃，和此外各樣的花都開着。下面的世界裏，晚春的花和秋花，夏花，都睡在原地方。夏和秋的昆蟲們也睡在花下。在先前一場的時候見得昏暗的門，這回却分明了。那門顯出古城的情形。上面的世界正照着太陽，青空上有美麗的虹，遠遠的離了客座出現。池裏有白鵠游泳。花間則春蟲們恣意的跳舞着。說不定從那里，傳來了水車的聲音。也有小鳥的鳴聲聽到。蛙和蜥蜴在角落裏分成兩排，作跳過的游戲，鬧着。只有雨蛙却惘然的立着，遠跳着虹的橋。
聽得花的歌。）

誰的根不歡喜呢，對那溫暖的春日。
誰的花不快樂呢，對那美的青空。
誰的胸中不相思呢，對那七色的虹的橋。

（蛙們且跳且唱歌。）

太陽晃耀的一日，春的日，
和要好的朋友一同跳，是高興的。

（合唱。）

不同跳，尤其高興哩。

（昆蟲們唱歌。）

虹的橋是美麗的；
虹的橋是相思的。
虹的橋上是想要上去的；
虹的橋上是想要過去的。

金線蛙　唉唉，很美的橋。
大衆　這眞美呀。
蜥蜴　到那地方爲止，跳一跳罷，看那一隊先跳到。

大衆　跳罷，跳罷。

癩蝦蟆　那樣的地方，跳得到的麽？

蜥蜴　並不很遠呢。

綠蜥蜴　就在那邊。

大衆　來，跳罷。

蛙的羣　要跳也可以的。一，二，三！（都跳。）

雨蛙　那邊，那邊，那橋的那邊，就有幸福呢。

（昆蟲和花卉們一齊唱歌。）

那橋的那邊有美的國，

相思的虹的國。

蠅　我本也想要飛到那邊去……

春蟬　大家一同飛一飛罷。

蜜蜂　飛一飛原也好，但是做蜜忙呵。

胡蜂　我也因爲蜜的事務，正忙着。

蠅　我雖然幸而不是勞動者，但要自己飛到那邊，却也不高興呢，如果有馬，那自然騎了去也可以……

金色的蝶　我們雖然也不是勞動者，可是須得練習跳舞哩。

銀色的蝶　因爲是藝術家呵。

春蟬　這眞不錯，像我門似的藝術家，是全沒有到虹的國裏去的閒工夫的。

蛇　倘是看的工夫，那倒還有。

蠅　所謂藝術這件事，並不是誰也能會的呀。

大衆　那自然。

金線蛙　（離了列去追蟲，）藝術家的小子們，單議論虹的國的工夫，似乎倒不少。

蟲們　唉唉，危險，危險。（逃去。）

蜥蜴　我們勝了，勝了。

蛙　說誑。

金線蛙　休息了之後，再玩一遍罷。

大衆　好，再玩罷，再玩罷。

（蜥蜴的羣都舒服的坐下。昆蟲們又漸次出現，唱歌。）

和了你，那橋上是想要過去的，

和了你，那國裏是想去居住的。

雨蛙　誰肯携帶我到那國裏去呢？
金線蛙　只有這一件，我是敬謝不敏的。
癩蝦蟆　我也不敢當。
雨蛙　也並不想要你們攜帶呵。
金線蛙　唉唉，多謝。
雨蛙　能够帶我到那地方去的，只有土撥鼠。
癩蝦蟆　噢噢，那麽全憑那小子去。
青蛙　唉唉，乏了，乏了。
（金線蛙一面嗅，一面唱歌。）
和要好的朋友談天雖高興，

（合唱。）

不談天，尤其高興呵。

（雨蛙也唱歌。）

我的人呵，相思的我的人呵，

等候着什麼而不來的呢？

沒有懂得戀的凄凉麼，

沒有知道胸的苦痛麼？

快來罷，等候着，

我的人呵，相思的。

土撥鼠　（出來，）來了，來了。（但忽被日光瞎了眼，竦立着。）

雨蛙　快點，快點，到這里來。眞不知道怎樣的等候你呢。

（土撥鼠摸索着，略略近前。）

雨蛙　快到這里來，看這靑空罷。

（於是唱歌。）

虹的橋是美的。
虹的國是相思的。

土撥鼠　我什麼也看不見。

（雨蛙唱歌。）

那橋上是想要上去的；
那橋上是想要過去的。

雨蛙　（向土撥鼠，）和你一同去的呵。

土撥鼠　然而我什麼也看不見。

（合唱。）
那橋的那邊有美的國，
相思的虹的國。

雨蛙　我就想住在那樣的國裏去，和你。

土撥鼠　（失望，）可是我什麼也看不見，什麼都不……

雨蛙　（喫驚，）什麼都不？

土撥鼠　什麼都不！

雨蛙　連那青空？

土撥鼠　什麼都不。

雨蛙　連那虹的橋？

土撥鼠　什麼都不。我在這世界上，是瞎眼的。

雨蛙　說誑，說誑，這樣明亮的白天，還說什麼都看不見，有這樣的怪事的麼？你在那里說笑話罷。來，睜開眼來看罷。

土撥鼠　不行的，什麼也看不見。

（合唱。）

和了你，那橋上是想要過去的，

和了你，那國裏是想去居住的。

雨蛙　那麼，你不肯帶我到虹的國裏去麼？

土撥鼠　並非不肯帶你去。那是我所做不到的。我很願意帶你到無論什麼地方去，然而這事我現在做不到。我現在什麼也看不見。我雖然相信倘在這明亮的世界上，接連的住過多少年，我的眼睛該可以和這光相習慣，但現在却不行！

（合唱。）

虹的橋是美的，

虹的國是相思的。

雨蛙　唉唉，可憐，我錯了。我以爲只有你是强者，能够很容易的帶我到虹的國裏去，在長長的一冬之間，只夢着這一件事，只望着這一件事而活着的呵。

（合唱。）

那橋上是想要上去的，
那橋上是想要上去的。

雨蛙　然而全都不行了。我竟想不到你是瞎眼。旣然是瞎眼，爲什麼到這世界來的？快回到黑暗的世界去罷。明亮的世界，並不是瞎眼所住的世界呵。

（合唱。）

那橋的那邊有美的國……

土撥鼠　略等一等罷，略略的。

（蛇的羣進來。）

青蛇　有願意上那虹的橋的，都到這邊來。有願意到那虹的國裏去的，都到這邊來。

蛙的羣　蛇，蛇，危險。（想要逃走。）

青蛇　放心罷，並不是平常蛇。全是學者。全是毫無私慾的蛇。因爲都是不喫鳥雀和蝦蟆，是素食主義的，只喫草。

蛙的羣　說不定……

金線蛙　相信不得的呵。

癩蝦蟆　科學者裏面也有靠不住的呵。

紫地丁　說是只喫草的蛇的學者哩，這可糟了。

一切花　是呵，眞的。

蒲公英　有牛馬，已經够受了。

菜花　况且素食主義又只管擴張到人類裏去……

車前草　這似乎連蛇的學者也傳染了。

一切花　這眞窘哩，這眞窘哩。

青蛇　蛇的學者們因爲哀憐那些仰慕着虹的國的大衆，所以定下决心，來作往那國土裏去的引導。

金線蛙　不知是否不至於將那些仰慕着虹的國的東西，當作食料的？

雨蛙　可是，不是說，統統是不食蛙主義麼？

金線蛙　學者的話，靠得住的麼？

雨蛙　我是去的。帶我去罷。
別的蛙　我也去，我也去。
金線蛙　我客氣一點罷。
土撥鼠　雨蛙呵，也帶我一同去罷。
雨蛙　這意思是要我攙了你去麼？
土撥鼠　（低頭，）哦哦。
雨蛙　說是永遠這麼着，一直到死，攙着你走麼？
（土撥鼠默然。）
雨蛙　你以為這是我做得到的麼？以為我便是一直到死，便是住在虹的國裏，也能做瞎眼的攙扶者的麼？
土撥鼠　只要如果相愛。
雨蛙　還說只要如果相愛哩，除了也是瞎眼的土撥鼠之外，怕未必有相愛的罷，即使到了虹的國。（笑着走去。）

青蛇　快快的，快快的，到虹的國裏去的都請過來，已沒有再遲疑的時候了。

（蛙們忽忽的聚集。那蛙羣被蛇圍繞着，繞場的走。場上聽到歌聲。）

虹的橋是美的，
虹的橋是相思的。
虹的橋上是想要上去的，
虹的橋上是想要過去的。

（那歌漸漸遠去，隱約的消失。）

金線蛙　我遠遠的跟去瞧瞧罷。

土撥鼠　母親，母親，自然的母親呀，給我眼睛，爲了居住在明亮的世界上的緣故，給我眼睛罷！（倒在地上。）

一切花　好不可憐呵。

葉花　給遮一點陰，不要曬着太陽罷。

一切花　就這麼辦罷。（用葉遮了土撥鼠。）

（花卉們唱歌。）

誰的胸中不企慕呢，對那美的青空；

誰的心不相思呢，對那七色的虹的橋。

蟲們　靜靜的，靜靜的，人類來了。

（都很快的躲去。）

第二節

（金兒和春子進來，挽着臂膊，暫時凝視着虹的橋。）

春子　我想，那橋的那邊，是有着美的國土的。

金兒　不要講孩子氣的話，那不過是光的現象罷了。

春子　那該是的罷，然而我和你這樣的走着，便彷彿覺得漸漸的接近了那國土。而且，又覺得被你帶領着，過了那虹的橋，到那虹的國，是毫不費力的事似的。然而你不在，我便無論如何，總不能到那國土去。

金兒　爲什麼不能去呢？

春子　一個人到那邊去，沒有這麽多的元氣呵。（淚下。）

金兒　歇了罷，又是哭。眞窘人，什麽時候總是哭的，自己說了獃話，却又哭起來，你是怎樣的一個沒志氣的女人呵。

春子　對不起，再不哭了。但是，金兒，我似乎覺得倘使你不在旁，便只能到那土撥鼠所住的黑暗的世界去。

金兒　又說獃話。

春子　你不在旁，我總是想着異樣的事的。我是，時時很分明的看見那黑暗的土撥鼠所住的世界。而且，在那世界裏，也分明的看見像關在牢獄裏一樣，住着昆蟲，花卉，以及別的柔弱的東西。而且呵，金兒倘不在旁，我除了到那土撥鼠所住的黑暗的世界去之外，更沒有別的路。這一節，也分明的覺着了。

金兒　你因爲荏弱，所以這樣想的。不强些起來，是不行的。這世間，並不是弱者的世界。在這世界上，弱者是沒有生存的權利的。這世間，是强的壯健者的世界。像你剛纔看見的一樣，被蛇盤着的蝦蟆，全都被蛇吞喫了。我們也就是被蛇盤着的蝦蟆呵；我們倘不比蛇更其强，倘不到能够喫蛇這麽强，便只有被蛇去吞喫罷了。强者勝，弱者敗，强者生存，弱者滅亡，强者得食，弱者被食。春兒，你須得成一個强的壯健的女人纔好。

春子　像那男爵的女兒似的？

金兒　對了，像那冬兒似的。

春子　可以的，一定可以的。我從今以後，每天練體操，浮水，賽跑，騎馬，打鎗，一定練成一個强壯的女人給你看。只是金兒倘不是始終在我的身邊，是不行的。金兒。

金兒　又說獃話。我是男人呢。我不是看護婦，也不是保母。從今以後，我也還得成一個更强的男人。

春子　這雖然是如此，但和强者在一處，我也就會强起來的。

金兒　你以爲我是强者，這可非常之錯了。我也弱。我也正在尋强者。

春子　現在，尋到了罷。

（金兒默然，眼看着地面。）

春子　金兒，已經尋到了罷，那强者？

金兒　（在花叢中發見了土撥鼠，）土撥鼠，土撥鼠，好看的土撥鼠。

春子　這是我的土撥鼠，是我的東西。（敏捷的取了土撥鼠，抱在胸前，）來迎接我了麽？我以爲還早呢。

金兒　說什麼夢話。交給我。

春子　不行，這是我的。這是來迎接我的。

金兒　胡說，說是交給我。（想要强搶。）

春子　不給的，不給的，不給的。你想拿去剝製罷。不給的。（拒絕。）

金兒　春兒，好好的聽着我的話罷，你不是愛我的麼？

春子　哦哦。

金兒　而我也愛你。

春子　眞的？

金兒　自然眞的。我曾經允許過一個朋友，一定給做一個土撥鼠的標本的。我的朋友，我的最愛的朋友，現正等候着呢。不是爲我，却爲了愛我的，最愛我的朋友，拿出這土撥鼠來罷。

春子　但是治死他，豈不可憐呢。

金兒　春兒，說這種傷感派的話，不覺得羞麼？不成一個更堅實，更強的女人，是不行的。土撥鼠可憐等等，是心強的女人所說的話麼？

春子　然而要交出來，却是不願意呢。

金兒　我不是愛你的麼？爲了這愛，好罷。

春子　這我不知道。

金兒　我給你接一回吻，就將這交給我罷，你是好人兒呵。（於是接吻。）

（金兒再接吻。春子交出土撥鼠來，金兒接了往家裏走。春子跟在後面。）

春子　那最愛的朋友是誰？告訴我眞話罷。

金兒　爲什麼？

春子　還說爲什麽，那朋友是女的？

金兒　女的又怎樣呢？

春子　那名字是？

金兒　爲什麽要問？

春子　那名字，告訴我那女的名字罷。（激昂着。）

金兒　胡鬧。（走進家裏。）

春子　這女的是冬兒，是那男爵的女兒冬兒罷。將眞話告訴我，將眞話告訴我。（哭着，跑進家裏去。）

（聽得花的歌。）

誰的根不歡喜呢，對那溫暖的春日。

誰的花不快樂呢，對那美的靑空。

誰的胸中不相思呢，對那七色的虹的橋。

花們　土撥鼠好不可憐呵。

（昆蟲們跳舞。）

蜜蜂　那些不安分的池塘詩人們都給蛇吞喫了的話，眞的麼？

胡蜂　眞的呀。

蟲們　阿阿，高興呵，高興呵。

金色的蝶　會有這樣的好事情，難于相信的。

蝴　雖然很想赶快去謝謝蛇……

虻　沒有蝦蟆，我們眞不知道要平安多少哩。

大衆　阿阿，高興呵。

（都跳舞着唱歌。）

蝦蟆和癩團，受了蛇學者的騙，吞掉了，
高興呀，高興呀。
聽到這消息，誰的心不歡喜呢，
誰的脚不舞蹈呢，
誰的翅子不振動呢？
蝦蟆和癩團，受了蛇學者的騙，吞掉了，
快意呀，快意呀。

金線蛙　（跳出，）可惡的東西呀，並沒有全給蛇吞去呢，剩下的還有我呢。可惡的東西，這可要給喫一個大苦哩。（拚命的追赶昆蟲們。）

花們　靜靜的，人類來了。

（昆蟲們都躱去。）

第三節

（春子的母親走到院子裏。）

母　到這里來，有話呢。

（金兒出來。兩人都坐在草上。）

金兒　伯母，無論怎麼說，已經都不中用了。這問題早完了。

母　金兒，我的好孩子，你要給男爵的女兒做女婿去，也不是無理的。你想娶那標致的體面的姑娘來做新婦，也是當然的事。你已經厭了貧窮，耐不住窮人的學生生活了罷。你想要赶快的度那自由舒適的生活，這事在我比什麼都分明懂得。但是金兒，我的寶貝的孩子，再一遍，只要再一遍，去想一想罷。

金兒伯母，你還教我想一遍，我曾經幾日幾夜沒有睡的想過，伯母怕未必知道罷。伯母深相信，我是天才，是聰明人，以爲我一在學校畢了業，立刻便是一個像樣的醫生，能過適意的生活的。殊不知我並非天才。我也並沒有別的才緒。我是一個最普通的平常人，不過比平常人尤其厭了貧窮罷了。伯母以爲我是聰明人，雖然很感激，然而我其實並非聰明人。我是一個最普通的人。伯母，我是年青的獃子呵。我也如別人一樣，願意住體面的房屋，喫美味的東西，上等的葡萄酒也想喝，漂亮的衣服也想穿，自動車也想坐，也願意和朋友們舒暢的玩笑着到戲園和音樂會去的。伯母，便是我，也年青的。我直到現在，除了度那學生生活，熬些生活的苦痛之外，全沒有嘗過什麼味。畢業之後，仍得做一日事，纔能夠敷衍食用的生活，我已經不高興了。我不希望這事。我願意嘗一嘗舒暢的一切的快樂。這是我最後的希望，而這也就是結末了。這事在窮人是做不到的；倘不是有錢，這樣的事，是做不到的。

母　住口，說出這樣的話來，不羞麼？爲了闊綽的生活，到男爵家做女婿去，不覺得羞麼？這模樣，你還自以爲是人麼？你是不長進的東西了，畜生了。

金兒　伯母，並非爲了闊綽，所以到男爵家去的。冬姑娘不但是一個體面的女兒，像伊一樣的聰明女人也就少。伊似的深通學問的，便在男人中間也不多見呢。我尊敬伊；我從心底裏愛着伊；即使和伊一同遭了不幸，也毫不介意的。

母　好，好，懂了，已經不要春子了罷。

金兒　伯母，並非不要春子，然而春姑娘還是孩子呢。況且，伯母，春姑娘不是肺結核麼？

母　金兒，再聽幾句話罷。春子是比性命還愛你的。你一出去，春子的病怕要沈重起來，不遠就會死罷。一定要死的。然而如果你仍舊住在家裏，幫幫春子，那病也就好了。醫生這樣說過的。我也這樣想。

金兒　伯母，我也是醫生呢。那樣的柔弱的孩子，是醫不好的呵。春姑娘似的人，即使病好了，也無論到什麼時候，總不能成一個壯健的強的女人的。還有，伯母，冬兒的事，春姑娘是已經知道的了。

母　你已經告訴了？

金兒　便不告訴，也已經知道的了。

母　唉唉，那可完了。

金兒　伯母，我願意過健康的生活；我願意要精神上肉體上，全都健康的强壯的友人。而且倘有了孩子，也想將那孩子養成强的壯健的孩子。這是我做男人的對於社會的首先的義務。

母　金兒，很懂了，無論什麼時候，出去就是。

金兒　伯母寬恕我罷。便是我，也是年青的男人呢，並不是調理病人的看護手。調理病人這些事，在我是做不到的。（哭。）

母　哦哦，明白了。好罷好罷，不要哭，好孩子。（摩他的頭。）

金兒　伯母，寬恕我罷。

母　哦哦，什麼都寬恕你。好，不要哭了罷，好孩子。

金兒　伯母的恩，我是永遠永遠不忘記的。而且出去之後，還要盡了我的力量，使伯母和春姑娘能夠安樂的過日子。使伯母能夠帶了春姑娘到什麼地方去轉地療養的事，我也一定設法的。單是看護病人這一節，却懇你免了我。伯母，我還年青呢，而且我直到現在，還沒有嘗過人生的歡樂哩。

母　哦哦，很明白了。照着自己以爲不錯的做去罷。

金兒　伯母，寬恕我罷。在法律上，我已經是男爵家的人了。

母　哦，這很好，可是不要哭了，不要哭了罷，好孩子。（抱着金兒，走進家裏去。）

（昆蟲們出現，於是唱歌。）

虹的橋是美的；
虹的國是相思的。
虹的橋上是想要上去的；
虹的橋上是想要過去的。

第四節

（下面的世界明亮起來。）

女郎花　誰在哭着哩。

桔梗　不知道可是人？

胡枝子　畜生罷了。

白葦　雖然不像牛……

芒茅　不知道可是狗？

珂斯摩　不一樣的。

菊　也還是人類呵。

女郎花　爲什麼哭着的呢？

芒茅　不知道可是遭了洪水了，人類是很怕洪水的呵。

珂斯摩　不知道可不是給飛虻叮了，聽說那是很痛的。

菊　不知道可是毛蟲爬進懷裏去了，聽說那是害怕的。

白葦　靜靜的。

（在上面的世界裏，聽得花的歌。）

胡枝子　春的小子們嚷嚷的鬧，我最討厭。

大衆　對了。

桔梗　本來馴良些也可以。

白葦　那一夥是最會吵鬧的。

胡枝子　而且最不安分。

珂斯摩　什麼也沒有知道，就想跳出世間去，嚷嚷的鬧着，那是花的恥辱呵。

胡枝子　也沒有什麼一貫的思想。

達理亞　也沒有經驗。

菊　道德心又薄。

向日葵　連眞的光在那里這一件事都不知道。

女郎花　眞是可憐的東西呵。

胡枝子　不過是不安分東的西罷了。

月下香　凡是首先要跑到世上去的，大抵是趨時髦的東西呵。

珂斯摩　不是趨時髦，便是不安分。

菊　而且道德也薄。

玉蟬花　眞的，就如櫻姊姊似的。

達理亞　櫻姊姊眞沒法，那麼時髦，我便是一想到，也就臉紅了。

牡丹　哼，有這樣羞麼？

珂斯摩　桃哥哥也是男人裏面的恥辱。

牡丹　哼，這樣的麼？

白葦　藤姊姊也沒法想。

月下香　便是躑躅姊姊，也一樣的。

牡丹　哼哼，這樣的麼？

達理亞　而且那一夥，又都是很大的架子呢。

菊　因爲是下等社會的東西呵。

達理亞　在那樣的社會裏，彷彿無所謂羞恥似的。

鈴蘭　靜靜的罷，姊姊們倘聽到，要駡的。

別的花　對了。

胡枝子　不要緊的，不安分的和時髦的東西，會有羞恥麼？全沒有什麼思想。

珂斯摩　也不懂什麼道理。

達理亞　也沒有經驗。

菊　道德又薄。

女郎花　眞是可歎的東西呵。

胡枝子　不過是不安分的東西罷了。

珂斯摩　無論是不安分，是時髦，總之頭裏和心裏，都是精空的。

大衆　是呵。

月下香　凡是時髦的一定是下流。

達理亞　上等的是不肯時髦的。

珂斯摩　上等的對于時髦的事和趨時的東西，都輕蔑的。

大衆　是呵。

牡丹　對于說些不安本分的話的東西，也輕蔑的呢。

珂斯摩　那是誰呀？

牡丹　我呵。

燕子花　阿阿，靜靜的罷。

達理亞　招人爭吵，是全不知道禮數的下流東西所做的事罷了，我想。

珂斯摩　小心着罷！

燕子花　招人爭吵，只有那些下等的全沒有什麼教育的東西罷了。

胡枝子　這是只有春初的小子們，或是夏初的小子們的。

達理亞　那便是經驗不够的明證呵。

菊　那便是道德不很發達的證據了。

向日葵　那正是不知道光在那里的第一明驗。

大衆　靜靜的。

（土撥鼠祖父和祖母進來。）

祖父　春要什麼時候纔去呢？

祖母　春是不見得要去，也不聽得要去呵。

祖父　春再長住下去，孩子們都要古怪了。

祖母　總得想點什麼法纔好。

祖父　那小子那里去了？

祖母　想起來，也許是跑到外面去了罷。

（蜥蜴從上面的世界裏跑來。）

蜥蜴　不得了，不得了，那黑土撥鼠呵，那年青的，曾經給我們叫起春來的那土撥鼠，給人類捉去了。

祖母　阿呀，也竟是跑到外面去了呵。

祖父　眞麼？

蜥蜴　千眞萬眞。還聽說要剝製了，送給男爵的女兒做禮物呢。

祖父　唉唉，這全是春的小子們的造孽。因爲花和蟲始終讚美着太陽的世界，所以到了這田地了。

祖母　對咧，孩子聽到了，便總是想出去，想出去，沒有法子辦。

祖父　是的，已沒有再遲疑的工夫了。倘不喫盡了那些春的小子們的根，土撥鼠的孩子們不知道要成什麼樣子哩。

祖母　是呵。

祖父　來，赶快。（開始去喫花卉的根。）

花們　（在上面的世界裏叫喊，）母親，春姊姊！

（春的王女穿着美的，而且質樸的衣服出現。頭戴花的冠，帶上掛着桃色的燈籠，右手是小鍫，左手是自然母拿過的杖。春的王女揮着杖。紫藤和躑躅開起花來。）

春　鬧什麽？

花們　土撥鼠，土撥鼠在啃我們的根哩。

春　討厭的東西呵。（開了門，到下面的世界裏。開了燈籠，在那里看見永久不滅的光。爲那光所照耀，下面的世界顯得很奇妙。看見土撥鼠，）這淘氣是什麽事呢？赶快歇了罷！

祖父　但是，那些小子們整天的讚美着太陽。土撥鼠的孩子們的脾氣都古怪了。

祖母　因此我的孫兒也跑出外面去了。而且被人類捉去了。還聽說要剝製他，送給男爵的女兒做禮物呢。

春　不的。你們的孫兒是做了冬姊姊的俘虜了。但是我去給你們討回他來，靜着罷。（走近秋這方面，叩門，）爲愛而開，爲愛而開，爲愛而開。

（土撥鼠去。門靜靜的開，秋的場面出現。秋風凄涼的吹笛。紅葉靜靜的下墜。）

春　姊姊，我已經來了。准備好了沒有。

秋　（帶上掛着紫的燈籠，出來，）哦哦，就去的。

（秋的花卉和昆蟲們，喊着「秋來了」，在秋的場面上出現。）

（蜻蜓跳舞着唱歌。）

喂，早早的，來呵早早的．

寒蟬呀，金鈴子呀，

出去罷，游玩罷。

秋　不安靜些，是不行的。又要給母親叱罵的呵。

（昆蟲們靜靜的跳舞。）

秋　（走向夏這方面，叩門，）爲愛，爲愛。

（門開。夏的場面再現。清冷的泉聲。）

春　夏姊，準備好了？

夏　（掛着綠的燈籠，出來，）已經好了。

（夏的花卉和昆蟲們在夏的場面上走，而且唱歌。）

風呀風，夏的風，

便是微微的，也吹一下罷，吹一下罷。

（夏風揮扇。起了調和的鈴聲。聽到渴睡似的牧童的角笛。）

夏　不再馴良些，可不行，那是又要給母親叱罵的呢。

（都向左手的門這方面走。）

（被三個燈籠照着的下面的世界，顯得很玄妙。）

夏　好不黑暗呀。

秋　不要緊的，就到了。

春　（抖着，）唉唉，好怕。

秋　不要緊的，有姊姊們在這里呢，振作些罷。

（都近了門。）

秋　爲憎而開罷。

（門靜靜的開。）

第五節

（在昏暗中，看見戴雪的松樹和杉樹。冰雪在昏暗中奇異的發光。三人都進內。被三個燈籠照耀着，那塲面見得莊嚴。春夏秋的塲面和下面世界的三個塲面，一時都在客座上看見。）

夏　唉唉，冷呵。

春　我要死了。

秋　不要緊的。

（秋用自己的氅衣遮蓋二人。二人擁抱秋。）

秋　再抱緊一點罷。

（三人都藏匿了自己燈籠。）

夏　什麼也看不見呵。

秋　靜靜的。

（極光晃耀起來，當初見得很遠，很小，很弱，漸次的擴大，不多時，一切場面便全浴了極光的奇妙的光，一切東西都絢爛如寶石。）

夏　（用手掩眼，）眼睛痛呵。

春　看見了什麼沒有？

秋　哦哦，靜靜的。

（看見冬的王女在雪中間，坐在冰的寶座上。那身上是海狸的衣，兩足踏在白雲上。前面生着少許火。）

夏　冬姊姊在和誰說話哩。

秋　哦哦，靜靜的。

（冬背向着看客，沒有覺到三人的到來。）

冬　你在先前，曾經想要咬過我呢。你還記得向我撲來的事麼？阿阿，忘了？然而那樣無禮的事，我是不忘記的。

（冬用手毆打着什麼模樣。聽到聲音。）

聲音　唉唉，不要虐待了罷，趕快殺了我……

冬　不必忙的。

聲音　唉唉，冷呵，冷的手。

夏　唉，可憐見的……

春　唉唉，那是土撥鼠，是叫起我來的土撥鼠呵。

秋　靜靜的。

冬　還有，查出了魔術的句子的是誰呢？你不知道罷？然而這邊是分明知道的。

聲音　唉唉冷呵，我已經凍結了。

冬　到凍結，還早哩。我還要給你溫暖起來呢。

（冬將土撥鼠烘在火旁，這纔爲看客所見。）

冬　使你凍結，是沒有這麼急急的必要的。慢慢的辦也就行。唔，暖和了罷？現在到這里來，我要愛撫你。

土撥鼠　赶快殺了我罷，拜託。

冬　在這里肯聽你的請託的，可是一個也沒有呢，不將這一節明白，是不行的。

夏　唉唉，可憐呵。

冬　（赶忙用氅衣遮了土撥鼠，轉向門口，）在這里的是誰？

秋　是我們。

冬　誰？唉唉，妹子們麼？好不煩厭呵，來做什麼的？

春　姊姊，我今年起得太早，對不起了，請你寬恕罷。

冬　年年總一樣，還說對不起對不起哩，青青年紀，却帶了一夥什麼也不懂得的胡塗東西們發狂似的跑到門外去，嚷嚷的吵鬧，這是怎麼一回不雅觀的事呢。

春　對不起了，寬恕我罷。

夏　姊姊，懇你饒了妹子罷。

秋　我也懇你。自然母親也懇你。

冬　眞煩，眞煩，你們究竟來幹甚麼的!?

春和夏　（發着抖，）唉唉，冷呵，冷呵。

冬　這里冷，是當然的。倘冷，可以不到這里來，誰也沒有叫你們呢。究竟來幹甚麼？

秋　姊姊，請你不要生氣罷。

春　姊姊，請你還了桃色的雲罷。

冬　（笑，）還了桃色的雲？不行，不行，不還的。

春　姊姊，還了罷。

冬　說過不行的了，眞不懂事。

秋　姊姊，大家都懇你。自然母親也懇你。

冬　眞煩膩。但是，要還桃色的雲也可以，可是你有什麼和我兌換呢？

春　什麼都給。將那薰風奉上罷。

冬　什麼薰風等輩，是不要的。

夏　送了七草也可以罷。

秋　還有梅花。

春　雖然可憐，送了也可以的。

冬　還說可憐。胡塗呵。這邊却還不至于這麼胡塗，會肯要那樣的無聊東西泥。梅花和七草，都儘够了。

夏　還是冬姊姊想要什麼，再送什麼罷。

秋　這雖然是爲難的事……

春　哦，就送姊姊想要的東西罷。

冬　是了。在你這里，聽說有美的虹的橋呢。

春　哦哦。

冬　說是過了那橋，便能到幸福的國的。

春　哦哦，能到虹的國的。

冬　我是，想要過了虹的橋，到那虹的國裏去了。倘將那橋送給我，我雖然不情願，也還可以還了桃色的雲。

秋和夏　阿呀，虹的橋那里可以送給呢。

春　這是不可以的，沒有這橋，便是我，也就什麼地方都不能去了。

冬　這全在你，隨便罷，如果不情願。我並沒有說硬要索取呢。然而桃色的雲是不還的。

春　姊姊！

冬　我以爲你是只要有了桃色的雲，便什麼地方都不必去了的。……隨你的便罷！

春　姊姊！

冬　快回去罷。好麻煩！

夏和秋　姊姊！

冬　事情已經完了罷。回去，麻煩。

三人　姊姊！

冬　不回去麼？來，風，釀雪雲。

（風和釀雪雲出現。下雪，發風。）

三人　唉唉，冷呵，冷呵。

秋　雖然可憐，給了怎樣？

夏　雖然實在可憐。必要的時候，借了我那虹的橋去也可以的。

冬　還在胡纏麽？來，風吹雪。

（風吹雪的聲音。）

夏和秋　姊姊，等一等罷。

冬　（向了風吹雪，）等一等。什麽？

夏　（向了春，）給了罷，雖然可憐。

秋　桃色的雲和虹的橋那一樣好，赶快决定罷。

春　可是，兩樣都是必要的呵。

冬　喂，風吹雪。

（風吹雪近來。）

夏　等一等罷，姊姊。

冬　我沒有和你們胡纏的工夫呢。

（風吹雪進來。）

三人　姊姊等一等罷。

冬　煩膩的人呵！（向了風吹雪，）等一會。

春　姊姊，答應了。

冬　你們也都聽到了罷，說過是虹的橋從此交給我，倘此後還向母親去說費話，是不答應的呵。懂了？

三人　哦哦。

冬　是了，桃色的雲，這里來。春妹來迎接你了。

（雲進來。

然而，這已經並非桃色，却是近于灰色的雲了。但一見，還可以確然知道是先前的美少年，而且也和先前一樣，總有什麼地方給人以醫學生的感得。只是那臉幾乎成了灰色，眼眶則顯出青色的圓圈，而且頭頂也似乎禿起來了。在他一切動作上，臉的表情上，都能看出非常墮落的情形；在臉上，又現出已經染了喝酒和狎妓的嗜好模樣。在他肩上，見有可怕的龍。

三人都喫驚，倒退。）

春（幾乎跌倒，）交出了我那桃色的雲來，交出了我那先前的桃色的雲來罷。

冬（笑，）胡塗呵，你眞是胡塗蟲了。你以爲桃色的雲，是能够永遠是桃色的雲的？眞胡塗呵。（向了雲，）春妹已經不認識你了。說是成了灰色，頭也有些禿，已經不是天眞爛漫的美少年了。

（桃色的雲淒涼的低了頭看着下面。）

冬　而且你那最要緊的朋友，彷彿也並不中春的意呢。因爲是孩子呵。你雖然還年青，諒比大人尤其懂得人生罷。

春　姊姊，雲已經不要了。將土撥鼠還我罷，那可憐的土撥鼠。

冬　這回說是還你土撥鼠？不要胡說。你以爲我能够涵容你的任性，可是錯了。

（自然母親進來。）

自然母　冬兒，還了土撥鼠。妹子是不當欺侮的。

夏和秋　姊姊，還了罷，還了罷。（都近冬去。）

冬　不要胡說。還的麼？喂，風吹雪。

（風吹雪暴烈起來。）

夏　喂，雲。

（背在龍脊上的夏雲出現。動雷。）

秋　來，秋風。

（秋風出現。都逼冬。）

夏和秋　姊姊，還了罷，還了罷。

冬　（防衛着自己，）還的麼？

（北風，西北風，落葉風，一一進來。場面上發生了非常的大混亂，有可怕的雷聲，電閃。在先前的夏的場面——綠幕內——的夏蟲和花，秋的場面——紫幕內——的秋蟲和花，都喫了大驚，向門口跑去。）

蟲和花　不得了了，不得了了。

（然而在上面的場面裏，却太陽靜靜的照耀。青空上看不見一片雲。美的虹的橋仍然掛在空際。春的昆蟲們在那里跳舞，唱歌。）

虹的橋的那邊，有着美的國……

（在下面的世界裏，自然母親揮着杖。）

母　歇了罷，歇了罷，宇宙不知道要怎麼樣了。

冬　管什麼宇宙。宇宙如果沒有了，那頂好。

春　取到了，取到了。

（春取了土撥鼠逃走。夏和秋跟着逃走。）

冬　到過一回我的手裏的東西，便是取了去，也早是不中用的了。

（譏諷的笑。）

（可怕的雷聲。暴風雨聲。）

母　（揮着杖。）爲愛，爲愛。

（門一時俱合。）

花門　唉唉，可怕極了。

胡枝子　究竟那是怎麼一回事呢？

芒茅　不知道可是洪水？

珂斯摩　確乎動了雷的。

桔梗　秋風也發過了。

女郎花　不說罷，又給聽到，便糟了。

蜻蜓　不去看一看外面的樣子來麽？那地方彷彿也不見得這麽可怕似的。

蟲和花　看去罷，看去罷。（都向外走，近門。）

（土撥鼠出現。）

祖父　孫子不知道怎麽了。

祖母　似乎得了救哩。

祖父　到門口去望一望罷。

祖母　去也好，可是險呵，人類也走着，猫頭鷹也飛着。

祖父　不要緊，只在門口。

（二人和花卉們一同站在門口向外看。）

第六節

（上面的世界裏，春子，夏子，秋子從家裏跑出，金兒在伊們的後面追着出現。）

春子　取到了，取到了。

金兒　還我罷，還我。

夏子　還的麼？奸細。

秋子　男爵的狗。

春子　（將土撥鼠交給夏子，）赶快的拿到穩當地方去罷。

夏子　（接過土撥鼠來，）出了社會主義者的醜，不覺得羞麽？
秋子　做了富家的狗，恭喜恭喜。
夏子　畜生！
秋子　富家的狗子。
（兩人疊連的說着，走去。）
金兒　（赶上春子，想要打，）說了還我還我，昏人。
春子　早已去了。什麽也沒有了。
金兒　畜生！（批春子的頰。）
春子　再打也好。我實在錯了。將那麽可憐的動物交給你去殺掉，是怎樣的殘酷的事呢。爲了冬兒，那男爵的女兒，爲了剝製，交付了那麽可憐的動物，我實在錯了。
金兒　昏人。你怨恨冬兒，所以這樣說的罷。

春子　不不，怨恨之類是一點也沒有。

金兒　說誑。冬兒比你美，比你健壯，而且比你聰明，所以你只豔美只豔美，至於沒法可想了。

春子　不不，沒有這樣的事。便是美，便是壯健，都毫沒有什麼的。

金兒　因爲我愛着冬兒，你因此憎惡着那人罷了。我是仔細的看着你的心的。

春子　憎惡倒也並不……

金兒　我只得和你絕交了。我從此走出這家裏，不再回來了。忘了我就是，因爲我也要立刻忘掉你。保重罷。（向了男爵的邸宅靜靜走去。）

春子　金兒，金兒，金兒……

（金兒略略回顧。）

春子　保重罷，冬姑娘面前給我問問好。
（金兒走去。）
花和蟲唱歌。）
雲呀雲，春的雲，桃色的雲，
不要離開了我的春罷。
春子　金兒，金兒。（向前追去。）
（金兒站住，又回顧。）
春子　（也立刻站住，）保重罷，冬姑娘那里問問好。
（金兒走去。）
花和蟲唱歌。）

友呀友，春的友，桃色的友，
永是這麼着，無論怎麼着，
不要離開了我的春罷。

春子（又追去，）金兒，金兒，金兒。

（金兒進了對面的邸宅裏，看不見了。春子坐在櫻樹下的草上。）

春子　金兒，金兒，金兒。（劇烈的咳嗽，於是吐血。）

（櫻花的瓣落在伊身上。聽得杜鵑的啼聲；水車的幽靜的聲響。與風的豎琴合奏着，聽到白鴿們的歌聲。）

夢要消了……就在這夜裏，
我的魂也消了罷。
朋友的心變了的那一日，
我的魂呀，離開了世間罷。

（春子的母親進來。）

母　春兒，春兒，我的心愛的孩子呵。（將春子坐在膝上，抱向自己的胸前。又將自己的頰偎着春子的頰，哭泣起來，）春兒，春兒，我的心愛的孩子呵。

春子　母親，我終于，被冬兒，那男爵的女兒，取了桃色的雲去了。

（於是咳嗽，又吐血。）

母　春兒，我的可憐的孩子。

（秋子和夏子拿着土撥鼠進來。）

夏子　想放他走，却已經是死了的。

母　因爲在太陽光下曬得太久了呵。

春子　拿到這里來罷。

夏子　要這做什麽呢？（交去。）

春子　（抱了土撥鼠，）這是，那下面世界的使者呵。來迎接我的。

（於是吐血。）

（花的歌。）

人類的兒，不要哭，不要悲傷罷，
美的夢，相思的夢，
是不離淸白的心的，永是這麽着。

春子　夏姑娘，秋姑娘，我終於，被冬兒，被那男爵的女兒，取了桃色的雲去了。敗在那男爵的女兒的手裏了。（吐血。）

（秋子夏子都哭。）

夏子　不要再睬這些罷。

秋子　早早的忘了那好細罷。

（蟲的歌。）

人類的兒，不要哭，不要悲傷罷，
爲了好人兒，美麗的花是不枯的，
永是這麼着，永是這麼着。

春子　那虹的橋已經消下去了。（誦俳句，）
和消散的虹一齊的，連着我的虹。

夏子　爲了那富家的狗，是用不着傷心的。

秋子　將那富家的狗子立刻忘了罷。

（花和蟲一齊唱歌。）

人類的兒，不要哭，不要悲傷罷，
好人兒的心裏，眷戀的春是不逝的，
永是這麼着，永是這麼着。

春子　母親，就只是使那虹不要消去罷。夏姑娘，秋姑娘，單是那虹，不要給消去。那虹的橋一消掉，我便什麼地方都不能去了。除了那黑暗的下面的世界之外，什麼地方都不能去了。母親，就只是使那虹不要消去罷。（吐血。）

夏子　伯母，這是譫語罷？

（母以點頭回答。）

秋子　去請醫生來罷？

母　醫生是已經不要了。

秋子和夏子　只是，伯母？

蟲和花　（祈禱，）懇切的神呵！

花們　花的神。

蟲們　蟲的神。

土撥鼠　土撥鼠的神呀。

大衆　以幸福與歡喜，給人類的兒罷。

春子　夏姑娘，秋姑娘，哭是不行的。我已經決意了。我決意，拚到那下面的黑暗的世界去了。然而我不死。我是不會死的。誰也不能夠致死我。我是不死者。我是春呵。

夏子　唉唉，異樣的譫語。

秋子　伯母，請醫生來罷？

母　醫生是已經不要了。

春子　我現在雖然去，可是還要來的。我每年不得不到這世上來。每年，我不得不和那冷的心已經凍結了的冬姊姊戰鬬。爲了花，爲了蟲，爲桃色的雲，爲虹的橋，爲土撥鼠，我每年不得不爲一切弱的美的東西戰鬬。假使我一年不來，這世界便要冰冷，人心便要凍結，而且美的東西，桃色的東西，所有一切，都要變成灰色的罷。我是春。我並不死。我是不死的。

（從男爵的邸宅裏，傳出竪琴的聲音來。）

春子　（起來，）金兒，金兒，金兒，保重，冬姑娘那里問問好。上面的世界，光明的世界，告別了。然而又來的呢。我並不死。我是春。我是不死的。（跌倒。）

夏子和秋子　伯母，伯母。（彎身，將臉靠近春子。）

（櫻花零落。杜鵑的啼聲。虹的橋漸漸消去。從男爵的邸宅裏，不住的響着竪琴的聲音。）

虹的橋是美的，
虹的橋是相思的。
虹的橋上是想要上去的，
虹的橋上是想要過去的。

（和花卉昆蟲們的歌聲一同，幕靜靜的下。）

記劇中人物的譯名

魯迅

我因爲十分不得已，對於植物的名字，只好採取了不一律的用法。那大旨是：

一，用見於書上的中國名的。如蒲公英（Taraxacum officinale），紫地丁（Viola patrinii var. chinensis），鬼燈檠（Rodgersia podophylla），胡枝子（Lespedeza sieboldi），燕子花（Iris laevigata），玉蟬花（Iris sibirica var. orientalis）等。此外尚多。

二，用未見於書上的中國名的。如月下香（Oenothera biennis var. Lamarkiana），日本稱爲月見草，我們的許多譯籍都沿用了，但現在却照着北京的名稱。

三，中國雖有名稱而仍用日本名的。這因爲美醜太相懸殊，一翻便損了作品的美。如女郎花（Patrinia scabiosaefolia）就是敗醬，鈴蘭（Convallaria majalis）就是鹿蹄草，都不翻。還有朝顏（Pharbitis hederacea）是早上開花的，晝顏（Calystegia sepium）日裏開，夕顏（Lagenaria vulgaris）晚開，若改作牽牛花，旋花，匏，便索然無味了，也不翻。至于福壽草（Adonis apennina var. dahurica）之爲側金盞花或元日草，櫻草（Primula cortusoides）之爲蓮馨花，本來也還可譯，但因爲太累墜及一樣的偏僻，所以竟也不翻了。

四，中國無名而襲用日本名的。如釣鐘草（Clematis heracleifolia var. stans）雛菊（Bellis perennis）是。但其一却譯了意，卽破雪草本來是雪割草（Primula Fauriae）。生造了一個，卽白葦就是日本之所謂刈萱（Themeda Forskalli var. japonica）。

五，譯西洋名稱的意的。如勿忘草（Myosotis palustris）是。

六，譯西洋名稱的音的。如風信子（Hyacinthus orientalis）珂斯摩（Cosmos bipinnatus）是。達理亞（Dahlia variabilis）在中國南方也稱為大理菊，現在因為怕人誤認為雲南省大理縣出產的菊花，所以也譯了音。

動物的名稱較為沒有什麼問題，但也用了一個日本名：就是雨蛙（Hyla arborea）。雨蛙者，很小的身子，碧綠色或灰色，也會變成灰褐色，趾尖有黑泡，能用以上樹，將雨時必鳴。中國書上稱為雨蛤或樹蛤，但太不普通了，倒不如雨蛙容易懂。

土撥鼠（Talpa europaea）我不知道是否即中國古書上所謂「飲河不過滿腹」的鼹鼠，或謂就是北京尊為「倉神」的田鼠，那可是不對的。總之，這是鼠屬，身子扁而且肥，有淡紅色的尖嘴和淡紅色的脚，脚前小後大，撥着土前進，住在近于田圃的土中，喫蚯蚓，也害草木的根，一遇到太陽光，便看不見東西，不能動彈了。作者在天明前之歌的序文上，自說在桃色的雲的人物中最愛的是土撥鼠，足見這在本書中是一個重要人物了。

七草在日本有兩樣，是春天的和秋天的。春的七草爲芹，薺，鼠麴草，繁縷，雞腸草，菘，蘿蔔，都可食。秋的七草本于萬葉集的歌辭，是胡枝子，芒茅，葛，瞿麥，女郎花，蘭草，朝顏，近來或換以桔梗，則全部是賞觀的植物了。他們舊時用春的七草來煮粥，以爲喝了可避病，惟這時有幾個用別名：鼠麴草稱爲御行，雞腸草稱爲佛座，蘿蔔稱爲清白。但在本書却不過用作春天的植物的一羣，和故事沒有關係了。秋的七草也一樣。

所謂遞送夫者，專做分送報章信件電報牛乳之類的人，大抵年青，其中出產不良少年很不少，中國還沒有這一類人。

一九二二年五月四日記，七月一日改定。

新潮社文藝叢書目錄

(1)春水（已出版）
冰心女士詩集・實價三角・

(3)吶喊
魯迅作・短篇小說十五篇・自序一篇・

(4)我的華鬘
周作人譯・希臘英法日本詩歌及小品三十餘篇・

(5)紡輪故事
法國孟代作・CF女士譯・童話十四篇・

(6)山野掇拾
孫福熙作・遊記八十二篇・

文藝叢書

一九二三年五月付印
一九二三年七月出版

原著者 愛羅先珂
譯者 魯迅
編者 周作人
發行者 新潮社
印刷者 京華印書局

桃色的雲一冊實價大洋七角